eine laus im uhrgehäuse

Dieser Band versammelt Gedichte, denen ganz und gar nichts Esoterisches oder Selbstreferentielles eigen ist. Er präsentiert eine Poesie der Bösartigkeit, die trotzdem versöhnlich stimmt, eine Poesie, die ganz im Gegensatz zum Zynismus unserer Tage den komischen Konflikt nicht verharmlost, sondern den Kreislauf: Spott, Hohn, Blasiertheit unterläuft: deutschsprachige Lyrik, die dem gängigen Bild von Schwermut und Depression widerspricht.
Dieser Band folgt dem Motto: »Komisch ist etwas, mit dem man nicht fertig wird, schon gar nicht durch eine Theorie.«
Odo Marquard

Der Herausgeber, Heiner Link, geboren 1960, lebt als freier Schriftsteller in München. Zuletzt erschien (zus. mit Arno Geiger) *Alles auf Band*, Drama, Wien 2001, und im Reclam Verlag Leipzig *Affen zeichnen nicht. Humoresken*, 1999.

eine laus im uhrgehäuse

komische gedichte von morgenstern bis gernhardt

herausgegeben von heiner link

RECLAM
LEIPZIG

Besuchen Sie uns im Internet:
www.reclam.de

Reclam Bibliothek Leipzig, Band 20007
1. Auflage, 2001
Reihen- und Umschlaggestaltung:
Gabriele Burde | Kurt Blank-Markard
Gesetzt aus ITC Slimbach
Satz: Document 2000, Satzstudio Annett Witzmann
Druck und Bindung: Reclam, Ditzingen
Printed in Germany
ISBN 3-379-20007-7

Inhalt

Vorwort

Lyrik hat wieder Konjunktur, heißt es nicht immer, aber immer öfter. Ob das stimmt, sei dahingestellt. Fest steht, daß das Gedicht auch in dieser Zeit, dominiert vom Getöse der Mainstreamkulturen, insbesondere des grassierenden Trash-TVs, seinen Platz behauptet. Noch nicht mal der Rückfall zu den Rauchzeichen (SMS-Kommunikation) hat Lyrik wirklich verhindern können.
Nun sind die genannten Störfaktoren natürlich nicht wirklich welche. Für an Poesie interessierte Zeitgenossen ganz gewiß nicht. Derartige Faktoren werden aber immer wieder gerne ins Feld geführt, wenn es um den Zustand der Literatur als mittlerweile marginales gesellschaftliches Phänomen geht. Geht es um komische Literatur, in diesem Fall um komische Gedichte, könnte man natürlich fragen, ob sich die Spaßgesellschaft nun auch spaßige Gedichte leistet. Und darauf gibt es, abgesehen davon, daß der älteste in diesem Band vorgestellte Dichter, J. W. v. Goethe, vor über 250 Jahren geboren wurde und man mit Fug und Recht von einer Tradition des Komisch-Grotesken in der deutschsprachigen Literatur sprechen kann, selbstverständlich nur eine Antwort:

Selbstverständlich!

Das Komische steht in der Literatur komischerweise fast immer im Verdacht, nichts Ernsthaftes im Sinn zu haben. Im Jammertal der Literaturmoralisten wird es gerne an den Rand gedrängt, günstigenfalls als Ausnahmeerscheinung akzeptiert. Erstaunlich beispielsweise, wie präsent in diesem Zusammenhang »der schlesische Schwan« Friederike Kempner:

»Wehmütig,
Demüthig,
Viel verkannt und tief gebeugt
ist der Mensch, vom Weib erzeugt«

noch immer ist. Als wäre diese »Dichterin« ein Paradebeispiel für komische Lyrik. Um es gleich vorweg zu nehmen: Um das unfreiwillig Komische und allzu Humorige wollen wir uns in diesem Band nicht kümmern. Nein, wir wollen einmal Platz schaffen für das subversive und romantische Potential der Komik in der Lyrik. Für Gedichte, denen ganz und gar nichts Esoterisches oder Selbstreferentielles eigen ist, für eine Poesie der Bösartigkeit, die uns versöhnlich zu stimmen versucht.

Das Subversive und das Romantische? In diesem Zusammenhang lassen sich ein paar Überlegungen zum Fernsehen, dem aggressivsten und einflußreichsten Medium, man könnte aus lyrischer Sicht auch sagen, zum absoluten Gegenmedium, leider nicht vermeiden. Es kann dabei aber natürlich nicht um die Frage gehen, ob das Fernsehen der Poesie schadet. Schließlich besteht kein Konkurrenzverhältnis. Allerdings definiert das Fernsehen mittlerweile nicht nur eine bestimmte Vorstellung von Komik, sondern erhebt darüber hinaus den Anspruch, mit »komischen« Mitteln eine Art gesellschaftliches Korrektiv darzustellen. »Comedy« heißt das Zauberwort, mit dem man die der Kunst und somit auch der Literatur angestammte Aufgabe, der Gesellschaft den Spiegel vorzuhalten, übernommen hat. Daß dies auch mit Quote gehen muß, ist das Credo, und wir wollen einmal nicht so humorlos sein und es im Raum stehen lassen. Schließlich ist man auch in der Literatur der Quote nicht abgeneigt.

Betrachten wir also die Entwicklung der Mittel. Hatten wir mit Hans-Joachim Kulenkampff noch recht harmlose Herrenwitzironie im Äther, wurden die Zeiten mit Rudi Carrell schon deutlich spöttischer, erste Anzeichen von Hohn waren unübersehbar. Angekommen sind wir nun beim Kabel und bei Stefan Raab, dem nun wirklich nichts mehr heilig ist. Interessant ist, daß er, ebenso wie Harald Schmidt, ein blendender Zyniker, der auch von vielen Intellektuellen sehr geschätzt wird, das Geschäft des Entlarvens von Sprachhülsen als Hülsen betreibt. Selbst bei Schmidt aber erstarrt dabei der Prozeß des Entlarvens ebenfalls zur Hülse. Zu oft bleibt nichts als blasierter Zynismus, und dem, und das wird niemand bestreiten, mangelt es nun mal an einem gewissen romantischen Element.

Es geht auch anders. Es gibt auch eine Komik, die dem System nicht zuarbeitet. Einen Gang zurückgeschaltet: eine Komik, die nicht um ihrer selbst willen betrieben wird, sondern ein Vehikel, ein Instrument darstellt, das im wahrsten Sinne des Wortes kunstvoll eingesetzt wird. Eine Komik eben, die nicht mit Comedy verwechselt werden darf. Und die ist im zarten Medium Lyrik nicht nur bestens aufgehoben, sondern dort insofern in einer besonderen Qualität vertreten, als hier die Ambition erkennbar ist, den Empfänger nicht mit der bloßen Entladung durch Lachen zurückzulassen, sondern vielleicht einen Gedanken mitzuliefern, der einzunisten sich zumindest anbietet. In der komisch-grotesken Poesie wird ja immerhin eine Ästhetik mitgeliefert, die mindestens so facettenreich wie der behandelte Zustand ist. Eine Ästhetik vor allem, die nicht den Eindruck der Erhabenheit, der souveränen Kontrolle anstrebt. Die abstruse Vorstellung, man wäre dem System überlegen, ist dem Dichter fern. Der komische Dichter steht nicht wie ein Fels in der Brandung, und vor allem amüsiert er sich nicht auf Kosten anderer. Vielmehr ist er die Laus im Uhrgehäuse, im besten Sinn sogar der Furz im Uhrgehäuse. Wir behaupten ganz einfach, daß die komische Lyrik dem medialen Regentanz hoffnungslos überlegen ist. Und in diesem Scheitern begründet sich nicht zuletzt eine freigeistige Haltung, die angesichts der Hochkonjunktur des Affirmativen natürlich obsolet geworden ist.

frei und schlecht

ich bin frei und mir ist schlecht.
warum sollte mir nicht schlecht sein?
freilich sollte mir schlecht sein,
und es ist mir auch schlecht.
es könnte mir allerdings auch
nicht schlecht sein.
dann würde ich sagen: ich bin frei
und mir ist nicht schlecht.

Dieses Gedicht von Ernst Jandl sagt eigentlich alles. Es ist erfreulich unmodern. Es schwingt frei und herzlich gegen einen beklemmenden Zustand. Es macht einem nichts vor, es macht nichts und niemanden geringer oder lächerlich. Vor allem aber steckt in diesem Gedicht die Gewißheit, daß es eben nicht obsolet ist. Ist dieses Gedicht nicht geradezu für all die Manager geschrieben, die auch nur eine Laus im Uhrgehäuse sind? Man darf zumindest spekulieren.

Was aber ist das nun genau, das Komische? »Der Kollaps von Erwartungsschemata?« »Angeschauter Widerspruch?« »Scheitern in Grazie?« »Die Interferenz verschiedener Lebenswelten?« Um nur ein paar besonders gelungene Formulierungen aus der Welt der Theorie zu nennen. Alles wahr, aber nichts wirklich, könnte man sagen. Auf einen allgemeingültigen Komikbegriff hat sich die Theorie nie einigen können. Einer, der es einsah, Odo Marquard, kam schließlich zu dem Schluß: »Komisch ist etwas, mit dem man nicht fertig wird, schon gar nicht durch eine Theorie.« Es wäre also sicherlich übertrieben, in dieser kleinen Einführung die umfangreichen theoretischen Bemühungen zum Thema Literatur und Komik zu rekapitulieren, geschweige denn mit einer wie auch immer gearteten Vision aufzuwarten. Es erscheint mir aber wichtig zu erwähnen, daß in diesem Band hauptsächlich Gedichte aufgenommen wurden, in denen Komik durch Sprache und/oder Inhalt erzeugt wird. Um das weite Feld etwas einzugrenzen, war es notwendig, bestimmte Gattungen wie z. B. Konkrete Poesie, Visuelle Poesie, Lautpoesie etc. auszuklammern.

Autoren wie H. C. Artmann, Robert Gernhardt, Ernst Jandl, Christian Morgenstern, Joachim Ringelnatz, Kurt Schwitters, Kurt Tucholsky, um nur einige wenige Namen zu erwähnen, haben nicht nur längst ihren festen Platz in der Literaturgeschichte, ihre Werke werden geschätzt und gelesen. Aber sie stehen nicht nur für die Haltbarkeit grotesker Literatur. Daß diese Dichter heute so geschätzt werden, deutet auch an, daß die Komik gerade in diesen Zeiten *ein* funktionierendes Instrument für die Literatur sein kann. Komik, und das sollen die Gedichte dieses Bandes unterstreichen, kann eine populäre Oberfläche schaffen, ohne ins Oberflächliche abzudriften.

Bei der Architektur dieses Bandes wurde der so gängig gewordene Rubrizierungswahn bewußt nicht verfolgt. Die Gedichte sollen so ungeknebelt für sich stehen, wie sie entstanden sind. Über die Bedeutung und Einordnung der Dichter und ihrer Werke soll alleine der Leser entscheiden. Die Ordnung ist demzufolge denkbar einfach nach dem

Geburtsjahr der Autoren gestaffelt, beginnend mit Goethe, endend mit dem 1974 geborenen Raphael Urweider. Nebenbei erwähnt, man rufe sich den Untertitel in Erinnerung, überschreitet die Bandbreite dieses Buches die Propaganda doch beträchtlich: Es steht mehr drin als vorne drauf.

Daß es in diesem Band inhaltlich oft um Liebe, Lust und Leidenschaft geht, liegt nicht nur an den Vorlieben des Herausgebers. Dies sind nun mal Themen, die in der Poesie bereitwillig und berechtigterweise verhandelt werden. Jens Jessen hat in einer Rezension in der *ZEIT* beispielsweise sehr treffend formuliert: »Seltsam, wie gut sich der Beischlaf zum lyrischen Sujet eignet; wahrscheinlich weil er zur Konzentration zwingt.« Wie dem auch sei, das allzu Zarte und Beflissene ist sicher kein Anliegen der komischen Lyrik. Vielmehr wird der sanktions- und regelfreie Raum, den das Groteske anbietet, zur Neige ausgekostet.

Fast überflüssig, abschließend zu erwähnen, daß mit diesem Band durchaus der Eindruck erweckt werden soll, daß es in der deutschsprachigen Lyrik nicht ausschließlich um Depression und Schwermut geht. Im Gespräch mit Johann Peter Eckermann zitierte Goethe Wieland mit den Worten: »Man könnte die Leute wohl amüsieren, wenn sie nur amüsabel wären.« So negativ muß man es nicht unbedingt sehen. Ich plädiere ganz einfach für ein kräftiges: Wohlan!

Heiner Link, im März 2001

JOHANN WOLFGANG VON GOETHE

Schweizerlied
[Volkslied-Umdichtung]

Ufm Bergli
Bin i gesässe,
Ha de Vögle
Zugeschaut;
Hänt gesunge,
Hänt gesprunge,
Hänt 's Nestli
Gebaut.

In ä Garte
Bin i gestande,
Ha de Imbli
Zugeschaut;
Hänt gebrummet,
Hänt gesummet,
Hänt Zelli
Gebaut.

Uf d' Wiese
Bin i gange,
Lugt i Summer-
Vögle a;

Hänt gesoge,
Hänt gefloge,
Gar z' schön hänt s'
Getan.

Und da kummt nu
Der Hansel,
Und da zeig i
Em froh,
Wie sie's mache,
Und mer lache
Und mache 's
Au so.

Freuden des jungen Werthers

Ein junger Mensch, ich weiß nicht, wie,
Starb einst an der Hypochondrie
Und ward denn auch begraben.
Da kam ein schöner Geist herbei,
Der hatte seinen Stuhlgang frei,
Wie's denn so Leute haben.
Der setzt' notdürftig sich aufs Grab
Und legte da sein Häuflein ab,
Beschaute freundlich seinen Dreck,
Ging wohl eratmet wieder weg
Und sprach zu sich bedächtiglich:
»Der gute Mensch, wie hat er sich verdorben!
Hätt er geschissen so wie ich,
Er wäre nicht gestorben!«

Das erlauchte Gewissen

Frage

Sprich, wie befindest du dich im Gemüt, seitdem du der Menschheit
Hohn sprachst, eine Nation ließest erwürgen, o Herr?

Antwort

Ganz ausnehmend, ich tanze sogar und beschlafe die Weiber,
Trinke vortrefflichen Wein, esse mit viel Appetit.

Replik

Seliger Gleichmut, welcher verliehn euch irdischen Göttern,
Leicht, wie ein Schwamm, austrieft rauchende Bäche von Blut.

An die Schöne

Sie trug ein Band in Haaren,
Das flatterte durch die Luft,
Am Busen barg sie Rosen,
Die spendeten würzigen Duft.

Vom Busen gib mir die Rosen,
Oder gib mir das Band im Haar,
Oder gib mir die Haare selber,
Oder gib mir den Busen gar!

Worte! Worte! keine Taten!
Niemals Fleisch, geliebte Puppe,
Immer Geist und keinen Braten,
Keine Knödel in der Suppe!

Doch vielleicht ist dir zuträglich
Nimmermehr die Lendenkraft
Welche galoppieret täglich
Auf dem Roß der Leidenschaft

Ja, ich fürchte fast, es riebe
Zartes Kind, dich endlich auf
Jene wilde Jagd der Liebe
Amors *steeple race* Wettlauf

Viel gesunder glaub ich schier
Ist für dich ein kranker Mann
Als Liebhaber, der gleich mir
Kaum ein Glied bewegen kann

Deshalb unsrem Herzensbund
Liebste, widme deine Triebe
Solches ist dir sehr gesund,
Eine Art Gesundheitsliebe.

Beine hat uns zwei gegeben
Gott der Herr, um fortzustreben,
Wollte nicht daß an der Scholle
Unsre Menschheit kleben solle.
Um ein Stillstandsknecht zu sein
Gnügte uns ein einzges Bein.

Augen gab uns Gott ein Paar
Daß wir schauen rein und klar;
Um zu glauben was wir lesen,
Wär *ein* Auge g'nug gewesen.
Gott gab uns die Augen beide,
Daß wir schauen und begaffen
Wie er hübsch die Welt erschaffen
Zu des Menschen Augenweide.
Doch beim Gaffen in den Gassen
Sollen wir die Augen brauchen
Und uns dort nicht treten lassen
Auf die armen Hühneraugen,
Die uns ganz besonders plagen
Wenn wir enge Stiefel tragen.

Gott versah uns mit zwei Händen,
Daß wir doppelt Gutes spenden
Nicht um doppelt zuzugreifen
Und die Beute aufzuhäufen
In den großen Eisentruhn,
Wie gewisse Leute tun –
(Ihren Namen auszusprechen
Dürfen wir uns nicht erfrechen, –
Hängen würden wir sie gern
Doch sie sind so große Herrn.
Philanthropen, Ehrenmänner,
Manche sind auch unsre Gönner,
Und man macht aus deutschen Eichen
Keine Galgen für die Reichen.)

Gott gab uns nur eine Nase,
Weil wir zwei in einem Glase
Nicht hineinzubringen wüßten,
Und den Wein verschlappern müßten.

Gott gab uns nur *einen* Mund,
Weil zwei Mäuler ungesund.
Mit dem einen Maule schon
Schwätzt zu viel der Erdensohn.
Wenn er doppeltmäulig wär
Fräß und lög er auch noch mehr.
Hat er jetzt das Maul voll Brei
Muß er schweigen unterdessen,
Hätt er aber Mäuler zwei
Löge er sogar beim Fressen.

Mit zwei Ohren hat versehn
Uns der Herr. Vorzüglich schön
Ist dabei die Symmetrie.

Sind nicht ganz so lang wie die,
So er unsern grauen, braven
Kameraden anerschaffen.
Ohren gab uns Gott die beiden
Um von Mozart, Gluck und Haiden,
Meisterstücke anzuhören –
Gäb es nur Tonkunst-Kolik
Und Hemeroihdal-Musik
Von dem großen Meyerbeer,
Schon *ein* Ohr hinlänglich wär.

Als zur blonden Teutolinde
Ich in solcher Weise sprach,
Seufzte sie und sagte: ach!
Grübeln über Gottes Gründe,

Kritisieren unsern Schöpfer,
Ach! das ist als ob der Topf
Klüger sein wollt als der Töpfer!
Doch der Mensch fragt stets: warum?
Wenn er sieht daß etwas dumm
Freund ich hab dir zugehört,
Und du hast mir gut erklärt
Wie zum weisesten Behuf
Gott dem Menschen zwiefach schuf
Augen, Ohren, Arm' und Bein'
Während er ihm gab nur ein
Exemplar von Nas und Mund –
Doch nun sage mir den Grund:
Gott der Schöpfer der Natur,
Warum schuf er einfach nur
Das skabrose Requisit
Das der Mann gebraucht damit
Er fortpflanze seine Rasse
Und zugleich sein Wasser lasse
Teurer Freund, ein Duplikat
Wäre wahrlich hier vonnöten
Um Funktionen zu vertreten
Die so wichtig für den Staat
Wie fürs Individuum,
Kurz fürs ganze Publikum –
Zwei Funktionen die so greulich
Und so schimpflich und abscheulig
Miteinander kontrastieren,
Und die Menschheit sehr blamieren.
Eine Jungfrau von Gemüt
Muß sich schämen wenn sie sieht
Wie ihr höchstes Ideal
Wird entweiht so trivial!
Wie der Hochaltar der Minne
Wird zur ganz gemeinen Rinne!

Psyche schaudert denn der kleine
Gott Amur der Finsternis
Er verwandelt sich beim Scheine
Ihrer Lamp – in Mankepiß.

Also Teutolinde sprach
Und ich sagte ihr: Gemach!
Unklug wie die Weiber sind,
Du verstehst nicht liebes Kind
Gottes Nützlichkeitssystem.
Sein Ökonomie-Problem
Ist daß wechselnd die Maschinen
Jeglichem Bedürfnis dienen,
Den profanen wie dem heilgen,

Den pikanten wie langweilgen –
Alles wird simplifiziert,
Klug ist alles kombiniert:
Was dem Menschen dient zum seichen
Damit schafft er seinesgleichen
Auf demselben Dudelsack
Spielt dasselbe Lumpenpack.
Feine Pfote, derbe Patsche
Fiddelt auf derselben Bratsche.
Durch dieselben Dämpfe, Räder
Springt und singt und gähnt ein jeder
Und derselbe Omnibus
Fährt uns nach dem Tartarus.

Wämmesle

Wämmesle, Wämmesle, Wämmesle kaufet
Vom berühmten Veitingär!
Er gibt Stück um 30 Kreuzer,
Au um 24 her.

Morgens früh um halber Sechse
Schallt die Glock durchs ganze Haus,
Denn es müssen alle Wochen
150 Wämmesle naus.

48 Mädchen schnurren
An dem Webstuhl früh und spät;
Gäle, rote, violette,
Ist das nicht ein wahrer Staat?

Dutzendweis in meinem Höfchen
Sind sie ärmlings aufgestellt:
Seid umschlungen, Millionen!
Diesen Kuß der ganzen Welt!

Wämmesle, Wämmesle, Wämmesle kaufet,
Wämmesle sind so gar gesund.

Der Beamte

Er reibt sich die Hände: »Wir kriegen's jetzt!
Auch der frechste Bursche spüret
Schon bis hinab in die Fingerspitz,
Daß von oben er wird regieret.

Bei jeder Geburt ist künftig sofort
Der Antrag zu formulieren,
Daß die hohe Behörde dem lieben Kind
Gestatte zu existieren!«

Der Lump

Und bin ich auch ein rechter Lump,
So bin ich dessen unverlegen;
Ein frech Gemüt, ein fromm Gesicht,
Herzbruder, sind ein wahrer Segen!

Links nehm von Christi Mantel ich
Ein Zipfelchen, daß es mir diene,
Und rechts – du glaubst nicht, wie das deckt
Rechts von des Königs Hermeline.

August
(Inserat)

Die verehrlichen Jungen, welche heuer
Meine Äpfel und Birnen zu stehlen gedenken,
Ersuche ich höflichst, bei diesem Vergnügen
Womöglich insoweit sich zu beschränken,
Daß sie daneben auf den Beeten
Mir die Wurzeln und Erbsen nicht zertreten.

WILHELM BUSCH

Die fromme Helene

Es ist ein Brauch von alters her:
Wer Sorgen hat, hat auch Likör!

»Nein!« - ruft Helene - »Aber nun
Will ich's auch ganz - und ganz - und ganz -
und ganz gewiß nicht wieder tun!«

Sie kniet von ferne fromm und frisch.
Die Flasche stehet auf dem Tisch.

Es läßt sich knien auch ohne Pult.
Die Flasche wartet mit Geduld.

Man liest nicht gerne weit vom Licht.
Die Flasche glänzt und rührt sich nicht.

Oft liest man mehr als wie genug.
Die Flasche ist kein Liederbuch.

Gefährlich ist des Freundes Nähe.
O Lene, Lene! Wehe, Wehe!

O sieh! – Im sel'gen Nachtgewande
Erscheint die jüngstverstorb'ne Tante.

Mit geisterhaftem Schmerzgetöne –
»Helene!« – ruft sie – »Oh, Helene!!!«

Umsonst! – Es fällt die Lampe um,
Gefüllt mit dem Petroleum.

Und hilflos und mit Angstgewimmer
Verkohlt dies fromme Frauenzimmer.

Hier sieht man ihre Trümmer rauchen.
Der Rest ist nicht mehr zu gebrauchen.

Fritze

Fritze war ein Ladenjüngling,
Dazu braver Eltern Sohn,
Und er stand bei Kaufmann Kunze
Schon ein Jahr in Konditschon.

»Fritze«, sagte einstens Kunze,
»Ich muß eben mal wohin;
Mache keine dummen Streiche,
Wenn ich nicht zugegen bin.«

Hiermit geht er aus der Türe.
Fritze hält das für ein Glück.
Er ergreift die Kümmelflasche
Und dann beugt er sich zurück.

Sieh, da naht die alte Grete,
Eine Jungfer ernst und still;
Sie verlangt nach grüner Seife,
Weil sie morgen waschen will.

Auch erhub sie eine Klage,
Daß sie's so im Leibe hat,
Weshalb sie vor allen Dingen
Erst um einen Kümmel bat.

Fritze zeigt sich dienstbeflissen.
Ihm ist recht konfus und wohl.
Statt der großen Kümmelflasche
Nimmt er die mit Vitriol.

Jungfer Grete, voller Freuden,
Greift begierig nach dem Glas;
Fritz, der grünen Seife wegen,
Beugt sich übers Seifenfaß.

Weh, was muß man nun erblicken?
Wo ist Fritzens Gleichgewicht?
Was sind dies für Angstgebärden
Hier auf Gretens Angesicht?

Fritze strampelt mit den Beinen,
Doch die Seife wird sein Grab;
Greten nagt die scharfe Säure
Ihre Mädchenseele ab.

Kümmel zieret keinen Jüngling,
Dazu ist er noch zu klein;
Und ein braves altes Mädchen
Muß nicht mehr so happig sein.

ARNO HOLZ

Lachend in die Siegesallee
schwenkt ein Mädchenpensionat.

Donnerwetter, sind die chic!

Wippende, grünblau schillernde Changeantschirme,
lange, buttergelbe schwedische Handschuhe,
sich bauschende, silbergraue, von roten Tulpen durchflammte Velvetblousen.

Drei junge Leutnants drehn ihre Schnurrbärte.

Monocles.

Die Kavalkade amüsiert sich.

Fünfzig braune, trappelnde Strandschuhe,
fünfundzwanzig klingelnde Bettelarmbänder.

Links,
hinter ihnen drein,
die Blicke kohlschwarz,
ihr Drache.

Wehe!

Wie die Sonne durch die Bäume goldne Kringel wirft ...

Ach was!

Und ich kriege die Schönste, die sich nicht sträubt, um die Taille,
- die ganze Gesellschaft stiebt kreischend auseinander,
Huuch! die alte Anstandsglucke fällt in Ohnmacht -
und rufe:

Mädchen, entgürtet euch und tanzt nackt zwischen Schwertern!

Das kleine Jöhr in mir,
das nach jedem Sonnenstrahl greift und nach jedem Schmetterling,
das Vergissmeinnichtaugen hat und das mir vor meinem Tode hoffentlich nicht sterben wird,
entzückt sich noch immer über Ludwig Richter.

Der Grosspapa liebt Walter Scott.

Mein Schläfchen,
sonntags,
wenn es zu Mittag Nelson-Cotteletts,
Karpfen in Bier, oder vielleicht gar eine Gans gegeben,
erledige ich auf einem blauen, grüngestreiften Biedermannssopha,
über dem an einer gelben Urvätertapete ein Stich von Chodowiecki hängt;
und auf meinem Vertiko,
zwischen zwei Sträussen aus Zittergras,
paradiert eine blanke mit bunten Blumen bemalte Porzellankuh,
die, während ich schnarche, gemolken wird.

Indessen!

Das hindert mich Alles nicht.

Abends,
auf der Redoute,
mitten unter dem mittelsten Kronleuchter,
bin ich durchaus Europäer.

Eine wandelnde, höchst appetitliche Reklame für einen Wurstladen
hat ausser ihren Brillantohrringen wirklich auch noch Tricots an.

Ich hebe mit gespreizten Fingern meinen Handschuh,
bugsiere ihn ihr geschickt bis auf fünf Millimeter vor das schwarze, glänzende Taffetnäschen
lächle
und lasse ihn dann fallen.

Er bleibt sofort stecken.

»Na, kleener Sectproppen, Kostenpunkt?«

Drei Tage lang
fiel in den Fluss Fu ein Regen von Pfirsichblüten.

Aus ihren gelben Seidengewändern tauchten die Mädchen und sangen.

Sie wateten ins Wasser, spritzten, kreischten
und kitzelten die Schwäne.

Die Schönste,
lächelnd,
beide Arme unterm Kopf,
liess sich von der Strömung treiben.

Rot,
wie ein Flammenmantel,
floss um sie ihr Haar,
zwei kleine Tröpfchen perlten noch auf ihren Brüsten.

Leda lag nicht nackter.

Die bunten Wellen schaukelten sie an meine schwimmende Insel.

Oh!

Ein schwarzes Bocksgestell, ein Eselsbauch, ein altes,
dickbehaartes Vieh mit Hörnern!

Ihre langen Wimpern schlossen sich,
um ihre weissen, zitternden Kniee drängten sich, wankten
Narzissen ...

Sie schlug die Augen auf. Ich liess sie nicht. Sie bettelte:
Nicht kitzeln, nein?

Süsser!

Zehn zarte, rosenrote Finger
krallten
verliebt in meinen Zottelpelz.

Au! Racker! Du beisst ja! Ist das der Dank?

Sie kicherte.

Mein Bett aus Moos missfiel ihr nicht,
mein langer Bocksbart imponirte ihr,
die Temperatur, auch nachts, ist bereits ganz vorzüglich,
sie gedenkt also noch einige Zeit bei mir zu bleiben.

Oben, im siebenten Sommerhimmel, angenehm nackt,
residirt heute der ganze Olymp.

In einem amethystblauen See,
nicht im Mindesten genirt, dass ich ihr hier von Unten zukucke,
badet Frau Venus.

Dort die Dicke, die dem Schwan winkt, ist Juno.

Um Gottes Willen!
Welche verfängliche Positur! Wenn Das der Herr Gemahl sieht!

Der dreht ihr den Rücken,
liegt behaglich wiederkäuend mitten auf einer Smaragdwiese
und lässt sich von liebenswürdigen Nymphen
Lorbeern, Weinlaub und gefüllte Veilchen
um die riesigen Hörner winden.

PAUL SCHEERBART

Der Frack-Komet

Ich lebte vor langer langer Zeit
In einem Raume,
Der ganz voll Licht war;
Es leuchteten wohl sämtliche Atome.
Und da kam plötzlich
Eine schwarze Sonne an,
Die schwarze Strahlen
Durch das Lichtreich sandte.
Die schwarzen Strahlen waren kühl
Und kühlten auch meinen heissen Leib,
Der selbstverständlich nicht
Aus dicken Stoffen sich zusammensetzte.
Nun brach sich jenes schwarze Licht,
Das ganz besondre Qualitäten zeigte,
In meinem heissen Leibe so,
Dass ich einen –
Schwarzen Schweif bekam;
Und spalten tat sich dieser Schweif
Und sah beinah so aus
Wie jene langen Streifen,
Die sich an Menschenfräcken
Unter den Händen
Fleissiger Schneider bilden.
Ich ward in jener alten Zeit
Ein Frackkomet.
Ob sich für unsre Erde
Noch mal Kometen
Sichtbar machen könnten –
In Frackform?

Groglied

In meinen Adern brennt der stramme Grog;
Pompöser Kohl durchrast mein Eingeweide.
Die kalte Nase steckt im Weltgehirn;
Die heißen Hengste führ ich auf die Weide.
Jetzt, Erdenbürger: Leide! Leide! Leide!

FRANK WEDEKIND

Die Schriftstellerhymne

Aus »Franziska«

Der Schriftsteller geht dem Broterwerb nach,
Mit ausgefransten Hosen.
Er schläft sieben Treppen hoch unterm Dach,
Mit ausgefransten Hosen.
Schöner, grüner,
Schöner, grüner Lorbeerzweig, der dich neckt
Und die Stirn bedeckt, wenn der Lump verreckt,
Mit ausgefransten Hosen.

Ist irgendwer gegen sein Schicksal erbost,
Mit ausgefransten Hosen,
Der Schriftsteller bringt auch dem Ärmsten noch Trost,
Mit ausgefransten Hosen.
Schöner, grüner,
Schöner, grüner Lorbeerzweig, der dich neckt
Und die Stirn bedeckt, wenn der Lump verreckt,
Mit ausgefransten Hosen.

Der König spricht nach, was ein Schriftsteller schrieb,
Mit ausgefransten Hosen.
Dem Volk ist er fast wie sein König so lieb,
Mit ausgefransten Hosen.
Schöner, grüner,
Schöner, grüner Lorbeerzweig, der dich neckt
Und die Stirn bedeckt, wenn der Lump verreckt,
Mit ausgefransten Hosen.

Der Schriftsteller ragt zu den Sternen empor,
Mit ausgefransten Hosen.
Er raunt seiner Zeit ihre Wonnen ins Ohr,
Mit ausgefransten Hosen.
Schöner, grüner,
Schöner, grüner Lorbeerzweig, der dich neckt
Und die Stirn bedeckt, wenn der Lump verreckt,
Mit ausgefransten Hosen.

Der Schriftsteller schafft am Webstuhl der Zeit,
Mit ausgefransten Hosen.
So wirkt er der Gottheit lebendiges Kleid,
Mit ausgefransten Hosen.
Schöner, grüner,
Schöner, grüner Lorbeerzweig, der dich neckt,
Und die Stirn bedeckt, wenn der Lump verreckt,
Mit ausgefransten Hosen.

Und trägt er die Schriftstellerei zu Grab,
Mit ausgefransten Hosen,
Gleich lösen ihn hundert Schriftsteller ab,
Mit ausgefransten Hosen.
Schöner, grüner,
Schöner, grüner Lorbeerzweig, der dich neckt,
Und die Stirn bedeckt, wenn der Lump verreckt,
Mit ausgefransten Hosen.

Auf dem Faulbett

Auf mein Faulbett hingestreckt
Überdenk' ich so meine Tage,
Forschend, was wohl dahintersteckt.
Daß ich nur immer klage.

Ich habe zu essen, ich habe Tabak,
Ich lebe in jeder Sphäre,
Ich liebe je nach meinem Geschmack
Blaustrumpf oder Hetäre.

Die sexuelle Psychopathie,
Ich habe sie längst überwunden –
Und dennoch, ich vergess' es nie,
Es waren doch schöne Stunden.

Altes Lied

Es war einmal ein Bäcker,
Der prunkte mit einem Wanst,
Wie du ihn kühner und kecker
Dir schwerlich träumen kannst.

Er hat zum Weibe genommen
Ein würdiges Gegenstück;
Sie konnten zusammen nicht kommen,
Sie waren viel zu dick.

Giselheer dem Tiger

Über dein Gesicht schleichen die Dschungeln.
O, wie du bist!

Deine Tigeraugen sind süß geworden
In der Sonne.

Ich trag dich immer herum
Zwischen meinen Zähnen.

Du mein Indianerbuch,
Wild West,
Siouxhäuptling!

Im Zwielicht schmachte ich
Gebunden am Buxbaumstamm –

Ich kann nicht mehr sein
Ohne das Skalpspiel.

Rote Küsse malen deine Messer
Auf meine Brust –

Bis mein Haar an deinem Gürtel flattert.

CHRISTIAN MORGENSTERN

Die unmögliche Tatsache

Palmström, etwas schon an Jahren,
wird an einer Straßenbeuge
und von einem Kraftfahrzeuge
überfahren.

»Wie war« (spricht er, sich erhebend
und entschlossen weiterlebend)
»möglich, wie dies Unglück, ja –:
daß es überhaupt geschah?

Ist die Staatskunst anzuklagen
in bezug auf Kraftfahrwagen?
Gab die Polizeivorschrift
hier dem Fahrer freie Trift?

Oder war vielmehr verboten,
hier Lebendige zu Toten
umzuwandeln, – kurz und schlicht:
Durfte hier der Kutscher nicht –?«

Eingehüllt in feuchte Tücher,
prüft er die Gesetzesbücher
und ist alsobald im klaren:
Wagen durften dort nicht fahren!

Und er kommt zu dem Ergebnis:
»Nur ein Traum war das Erlebnis.
Weil«, so schließt er messerscharf,
»nicht sein *kann*, was nicht sein *darf*.«

Tertius gaudens

Ein Stück Entwickelungsgeschichte

Vor vielen Jahren sozusagen
hat folgendes sich zugetragen.

Drei Säue taten um ein Huhn
in einem Korb zusammen ruhn.

Das Huhn, wie manchmal Hühner sind
(im Sprichwort mindestens), war blind.

Die Säue waren schlechtweg Säue
von völliger Naturgetreue.

Dies Dreieck nahm ein Mann aufs Ziel,
vielleicht war's auch ein Weib, gleichviel.

Und trat heran und gab den Schweinen -
ihr werdet: Runkelrüben meinen.

O nein, er warf - (er oder sie) -
warf - Perlen vor das schnöde Vieh.

Die Säue schlossen träg die Lider ...
Das Huhn indessen, still und bieder,

erhob sich ohne Hast und Zorn
und fraß die Perlen auf wie Korn.

Der Mensch entwich und sann auf Rache;
doch Gott im Himmel wog die Sache

der drei Parteien und entschied,
daß dieses Huhn im nächsten Glied

die Perlen außen tragen solle.
Auf welche Art die Erdenscholle –

das Perlschwein –? Nein! Das war verspielt!
das Perl-*Huhn* zum Geschenk erhielt.

Der neue Vokal

Der Festredner:
»Unsterblich werden Sie leben,
solang es Menschenmund
und Menschenwitz wird geben
auf diesem Erdenrund.«

Ein Fähnrich, halblaut zur Gattin des Gefeierten, Frau Professor Ulich:
»Was hat denn Ihr Herr Gemahl
nun eigentlich ausgeheckt?«

Die Gattin ebenso:
»Er hat einen neuen Vokal
erfunden oder entdeckt.«

Der Fähnrich:
»Das ist ja phänomenal,
eine wahre Speise für Geister!
Na, Gnädigste, und wie heißt er
denn nun, dieser neue Vokal?«

Die Gattin:
»Er kann ihn noch niemandem sagen,
er läßt ihn erst patentiern;
wir wolln – nach so langen Plagen
doch nicht ihr Erträgnis verliern!«

Der Fähnrich:
»Verstehe, Sie wollen Tantiemen!«

Die Gattin:
»Gewiß, das ist unser Ziel!
Wer den Vokal will nehmen,
erhält ihn für soundso viel.«

Der Festredner, abschließend:
»Sie gaben uns mehr, Herr Ulich,
als irgendein Mensch bislang;
wir trollten fromm und betulich
den alten Schlendriangang.
Da kamen Sie, Geist der Geister,
in unser Jammertal
und gaben uns, teurer Meister,
den *August-Ulich-Vokal*!«

MYNONA (SALOMO FRIEDLÄNDER)

In alte Schläuche taugt kein neuer Wein,
Der Dichter dichte, wie zum Beispiel Whitman;
Die Seele immer neu schafft ihre Rhythmen,
Wer heut' Sonette macht, ist nur ein Schwein.

Daher auch hüt' ich mich davor, allein
Ich bin darob beruhigt, denn ich glitt, wenn
Ich's auch wollte, nicht in diesen Ritt, denn
Grad zur Sonettform sag' ich immer: nein!

Ich hoppse, wie die Muskeln mir's diktieren,
Will nicht in fremde Form gezwungen sein
Und fühle mich ganz frei in meiner - meiner!

Pfui Teufel, sollt' ich je Sonette schmieren:
Ich will ich selbst in meinen Lungen sein
Und niemals atmen in Petrarkas seiner.

Ich saß mit meinem rembrandtbraunen Flausch
Im Esplanade-Hotel. Aus einer Nische
Tritt eine hochmondäne, reizend frische
Madame, sieht holdselig mich an. Im Rausch

Beginnt der Blicke, dann der Worte Tausch -
Plötzlich ihr Gatte! Daß ich ein mich mische
In seinen Bund, mißfällt ihm sehr: »Ich wische
Sie weg, Sie Hund, in Bogen und in Bausch!«

Doch sie zu mir: »Oh nein! Von Gott gesandt
Erscheinst du mir!« Ich lüfte froh mein Käppchen.
Das Publikum greift rasch zum Opernglas.

Er flieht. Sie bleibt. Scheidung. Als Gratulant
Bringt mir ihr Rechtsanwalt viel braune Läppchen.

Heut ist sie meine Frau! (Gelungen! Was?).

Der Greis stellt nach der jungen Katherine;
In ihrer Einfalt hält sie's für tot-schick,
Erwidert lieblich seinen geilen Blick,
Schließlich besucht ihn auch die dumme Trine.

Er öffnet ihr mit heuchlerischer Miene
Sein Schlafgemach und zieht mit schlauem Trick
Sie auf sein Himmelbett, faßt ihr Genick
Und küßt sie abgehackt, *à la machine.*

Harmlos gewährt sie ihm Mund, Augen, Näschen
(Verwundert zwar spürt sie was andres auch);
Doch warum weint der Greis und sinkt zurück?

Zitternd rafft er sich auf und trinkt ein Gläschen.
Gefühlvoll fragt sie noch der lahme Gauch:
Ob jemals sie erlebt der Liebe Glück?

Drei schöne Mädchen tanzen splitternackt
Chopin, Beethoven, Bach und Richard Strauß,
Und in dem pfropfenvollen Opernhaus
Klatscht bravo man, bis jeder Handschuh knackt.

Aus einer Fremdenloge (wie vertrackt!)
Schaun greise Lebemänner weit hinaus,
Sie schmeißen Lorbeerkränze (ei der Daus!),
Besonders einer fühlt sich tief gepackt.

Er schwingt sein Bein über die Logenbrüstung,
Er will zur Bühne fliegen und verliert
Sein Gleichgewicht; am Frackschoß hält man ihn,

Doch rutscht er aus des Frackes edler Rüstung, –
Er stürzt ins Publikum und ramponiert
Frau Meier tot. (Die Tänzerinnen schrie'n).

Die Sonne lockt viel Leute auf die Gassen,
Man geht spazieren. An der Stadtbahn-Uhr
Wartet Johannes auf Maries Figur,
Sein Auge sucht sie gierig zu erfassen.

Und hin und her und her und hin, verlassen,
Pendelt er unermüdlich, mit dem Schwur,
Ihr's heimzuzahlen. Oben am Azur
Sinkt schon die Sonne, und mit Haßgrimassen

Gibt er es auf und setzt sich in Bewegung,
Doch grade jetzt – sieh da! kommt seine Mieze,
Sie winkt ihm schon von weitem mit des Schirmes

Spitze: Wild übermannt und ohne Überlegung
(Zu Kopf steigt ihm der Rache schnöde Hitze)
Schlägt er sie tot. (Es war gerade Kirmes).

ROBERT WALSER

Der Philister

Was? Du wagst aufs Dichterroß,
eitler Bursche, dich zu schwingen?
Weißt du nicht, daß man ein Schloß
haben muß, eh' man darf singen?

Werde erst mal Millionär,
möchte ich mir ausbedingen;
denn das Dichten, weil es schwer,
kann nur Schritt für Schritt gelingen.

Rauche lieber einen Stumpen,
der dir wird Vergnügen bringen,
statt allmählich zu verlumpen
in den dichterischen Schlingen.

Ich wollt', ich hätte

Ich wollt', ich hätte allerlei noch nicht geschrieben,
mir ist zu sagen nichts mehr übrig fast geblieben.
Ich wollt', es hülf' mir jemand witzig hier zu werden,
bisweilen komm' ich mißgestimmt mir vor auf Erden.
Hätte ich heut' statt zwei Glas Bier Kaffee gesoffen,
so gäb' es eher etwas vom Gedicht zu hoffen,
das jetzt entsteht und mir nicht schnell gelingen will,
obschon's unsäglich still um mich ist, still,
wie ich es ungestörter mir nicht wünschen könnte,
obschon ich mir vielleicht gern etwas andres gönnte.
Ich weiß nicht, ob ich besser heute Wurst gegessen hätte
als Käse und ob ich's Gedichtelchen noch rette,
das Bruch zu sein mir scheint. Wie Hermann Hesse
mitunter tut, mach' ich nun eine dumme Fresse.
Zwar wollte ich, ich hätte Letzt'res nicht gesagt,
mir scheint, daß es durch Eleganz hervor nicht ragt,
inzwischen schlafe ich so lange, bis es tagt.

Die vier Jahreszeiten
Blödsinniger Gesang

Wie herrlich ist's doch im Frühling,
Im Frühling, da ist mir so wohl.
O! wäre es immer nur Frühling,
Im Frühling, da fühl' ich mich wohl.
Der Frühling, der hat so was Eig'nes,
Der Frühling besitzet die Kraft.
O! bliebe es immer nur Frühling,
Der Frühling gibt Mut uns und Kraft.

Wie herrlich ist's doch im Sommer,
Im Sommer, da ist mir so wohl.
O! wär es doch immer nur Sommer,
Im Sommer, da fühl' ich mich wohl.
Der Sommer, der hat so was Eig'nes,
Der Sommer besitzet die Kraft.
O! bliebe es immer nur Sommer,
Der Sommer gibt Mut uns und Kraft.

Wie herrlich ist's doch im Herbst,
Im Herbst, da ist mir so wohl.
O! bliebe es immer nur Herbst.
Im Herbst, da fühl' ich mich wohl.
Der Herbst, der hat so was Eig'nes,
Der Herbst besitzet die Kraft.
O! bliebe es immer nur Herbst,
Der Herbst gibt Mut uns und Kraft.

Wie herrlich ist's doch im Winter,
Im Winter, da ist mir so wohl.
O! bliebe es immer nur Winter,
Im Winter, da fühl' ich mich wohl.
Der Winter, der hat so was Eig'nes,
Der Winter besitzet die Kraft.
O! bliebe es immer nur Winter,
Der Winter gibt Mut uns und Kraft.

Glühwürmchen-Idyll

Von Paul Lincke

1.
Wenn die Nacht sich niedersenkt,
die Nacht sich niedersenkt,
auf Flur und Heide,
manches Liebespärchen lenkt,
manch' Liebespärchen lenkt
den Schritt zum Walde.
Doch man kann im Wald zu zwei'n,
man kann im Wald zu zwei'n
sich leicht verirren,
deshalb wie Laternchen klein,
ja wie Laternchen klein,
Glühwürmchen schwirren.
Und es weiset Steg und Busch
uns leuchtend ihr Gefunkel,
da taucht's auf, und dort, husch husch,
sobald der Abend dunkel:
Refrain:
Glühwürmchen, Glühwürmchen flimm're, flimm're,
Glühwürmchen, Glühwürmchen schimm're, schimm're,
Führe uns auf rechten Wegen,

Führe uns dem Glück entgegen!
Glühwürmchen, Glühwürmchen flimm're, flimm're,
Glühwürmchen, Glühwürmchen schimm're, schimm're,
Gib' uns schützend dein Geleit
Zur Liebesseligkeit!

Parodie von Karl Valentin auf »Glühwürmchen-Idyll« - 1939.

2.
Wenn's in München Abend wird,
in München Abend wird,
die Sterne funkeln,
dann tut man, das muss so sein,
tut man, das muss so sein,
die Stadt verdunkeln.
Geht man von zu Hause fort,
dann von zu Hause fort,
Sie werd'n das kennen,
kannst dir in der Finsternis,
ja in der Finsternis
das Hirn einrennen.
Zündholz und Petroleum
sind hier nicht zu gebrauchen;
deshalb tat sich jeder ein
elektrisch Lämpchen kaufen.
Refrain:
Glühlämpchen, Glühlämpchen flimm're, flimm're,
Glühlämpchen, Glühlämpchen schimm're, schimm're.
Führe mich auf rechten Wegen,
Führ' mich sicher, nicht daneben.
Glühlämpchen, Glühlämpchen flimm're, flimm're,
Glühlämpchen, Glühlämpchen schimm're, schimm're,
Flimm're und erlösche nie!
Dös is die letzt' Batt'rie.

Aff - Aff - Afra

Text von Karl Valentin. Musik von Georg Huber

1.

Komm eß und trink - und trink und eß,
was ist noch dein Begehr:
du bist nicht satt - ich seh dirs an,
ruf schnell den Kellner her.
Für dich da geb ich, auf mein Wort,
den letzten Pfennig hin;
du hast ja keine Ahnung,
wie vernarrt ich in dich bin.
Refrain: Aff - Aff - Afra
du zuckersüße Maus.
Aff - Aff - Afra
ich führ dich heut nach Haus.
Aff - Aff - Afra
ich bin in dich verliebt,
weil es in unsrer ganzen Stadt
kein schönres Mädchen gibt.

2.

Seit ich dich kenn - bin ich wie blöd,
ich sehe nichts als dich.
Und tanzt ein andrer Mann mit dir,
das quält mich fürchterlich.
Dein Bubikopf - dein schlanker Leib,
dein raffiniertes Gschau,
nur so wie du geschaffen,
so verlang ich eine Frau ...
Refrain: Aff - Aff - Afra
du zuckersüße Maus.
Aff - Aff - Afra
ich führ dich heut nach Haus.
Aff - Aff - Afra

ich bin in dich verliebt,
weil es in unsrer ganzen Stadt
kein schönres Mädchen gibt.

3.
Und daß du alle Tänze kannst,
das find ich einfach bon.
Als wie ein echter Kannibal
tanzt du den Charleston.
Dein Leib dreht sich – dein Auge rollt,
ein Mädel eigner Raß,
ist so ein Weib beschaffen,
dann macht sie dem Manne Spaß ...
Refrain: Aff – Aff – Afra
du zuckersüße Maus.
Aff – Aff – Afra
ich führ dich heut nach Haus.
Aff – Aff – Afra
ich bin in dich verliebt,
weil es in unsrer ganzen Stadt
kein schönres Mädchen gibt.

Das futuristische Couplet

Ein Gegenstück zu der modernen Malerei.
Original-Couplet von Karl Valentin.

In Nürnberg kam das Ganze,
Es sind ja mal er recht,
Doch als es mir ganz falsch war,
Ist es ohnedies zu schlecht.
Mit wessen ich grad dachte,
Von ohne sie berührt,
So sind sie denn von vorne rein
Ganz ohne diszipliert.

Wer allzulange sind ist,
Ob arm, geht sich bei dem,
Das einmal es oft lieber sein,
Drum wird ja ohnedem,
Mitsammen, ja denn so kann,
Bei Deinen nicht schon sein,
Sobald man kann es bleiben soll,
Zusammen fein zu sein.

Wenn einmal in der Nase,
Hast manchmal Du in Ruh,
Die Plattform in der Tasche hast,
Und treibst in allem zu,
So wittert aus den Mitteln,
In Spanien aus und ab,
Der Blumen Augenbrauen senkt,
Mit Asien und in Trapp.

JOACHIM RINGELNATZ

Stimme auf einer steilen Treppe

Drei Söhne hab ich bei die Ulanen verloren,
Mein Mann fiel aus dem dritten Stock.
Aber – es wird lustig weitergeboren!
Ich habe nur noch den einen, den Umstandsrock.

Macht es mir nach: Werdet schwanger, ihr Weiber!
Alle Weiber müssen schwanger sein.
Dann springen die Männer vor eure geschwollenen Leiber
Links und rechts beiseite und sind ganz klein.

Aller Anfang ist schwer.
Pfeift auf die Fehlgeburten und Mißgeburten. –
Wenn nicht immer mal wieder zwei Menschen hurten,
Blieben zuletzt die Wirtshäuser leer,
Gäb's keine Soldaten mehr.

Die Schweinerei ist nun doch einmal Sitte und Brauch.
Gott hat uns Weiber zu Schöpferinnen gesalbt.
Schiebt also trotzig euren geladenen Bauch
Über die Friedhöfe hin. – Und kalbt!

Mutter Frühbeissens Tratsch

Wenn der über die Straßen ging:
Sechs Schritte vor ihm wurden die Vögel stumm,
Fielen die Pferde, kippte die Trambahn um,
Stürzte die Schwalbe herab und der Schmetterling,
Erbrachen sich Damen, krümmten sich Hunde. –

So roch das Schwein aus dem Munde.

Aber der kann nichts dafür.
Die Frau von dem Sohn, wo Paula die Semmeln holt,
neben Weyl,
Deren Schwester hat auch solch ein Magengeschwür.
Das kommt gar nicht aus dem Halse. Im Gegenteil.

Da hilft kein Pfeffermünz und kein Höllenstein.
Kein Tabak. Alle Säuren hat der durchgekostet.
Die ganze Zunge ist ihm schon hinten zerrostet.

Und stinkt immer noch wie ein Schwein.

Das geht auf keine Kuhhaut, was der erduldet.
So einer ist ja zu nichts zu gebrauchen.
Und will doch auch einmal atmen wie wir, und hauchen.

Wenn er mir auch noch sieben Mark schuldet.

Draussen schneit's

Wir hatten ein Schaukelpferd vorher gekauft.
Aber nachher kam gar kein Kind.
Darum hatten wir damals das Pferd dann Bubi getauft. –

Weil nun die Holzpreise so unerschwinglich sind;
Und ich nun doch schon seit Donnerstag
Nicht mehr angestellt bin, weil ich nicht mehr mag;
Haben wir's eingeteilt. Und zwar:

Die Schaukel selbst für November,
Kopf und Beine Dezember,
Rumpf mit Sattel für Januar.

Ich gehe nie wieder in die Fabrik.
Ich habe das Regelmäßige dick.
Da geht das Künstlerische darüber abhanden.
Wenn die auch jede Woche bezahlen,
Aber nur immer Girlanden und wieder Girlanden
Auf Spucknäpfe malen,
Die sich die Leute doch nie begucken,
Im Gegenteil noch drauf spucken, – –
Das bringt ja ein Pferd auf den Hund.

Als freier Künstler kann ich bis mittags liegen
Bleiben. – Na und die Frau ist gesund.
Es wird sich schon was finden, um Geld beizukriegen.

Anna und ich haben vorläufig nun
Erst mal genug mit dem Bubi zu tun.
Rumpf zersägen, Beine rausdrehn,
Nägel rausreißen, Fell abschälen.
Darüber können Wochen vergehn.
Das will auch gelernt und verstanden sein,
Sonst kann man sich daran zu Tode quälen.
Solches Holz ist härter als Stein.
Dann spalten und Späne zum Anzünden schneiden
Und tausenderlei.
Aber das tut uns gut, uns beiden,
Sich mal so körperlich auszuschwitzen.

Außerdem kann man ja dabei
Ganz bequem auf dem Sofa sitzen;
Raucht seine Pfeife, trinkt seinen Tee,
Und vor allem: Man ist eben frei!
Man hat sein eigenes Atelier.
Man hat seinen eigenen Herd;
Da wird ein Feuerchen angemacht –
Mit Bubipferd –,
Daß die Esse kracht.
Und die Anna singt und die Anna lacht.

Da können wir nach Belieben
Die Arbeit auf später verschieben.
Denn wenn man das Gas uns sperren läßt
Oder kein Bier ohne Bargeld mehr gibt,
Dann kriechen wir gleich nach Mittag ins Nest
Und schlafen, solange es uns beliebt.

Freilich: Der feste Lohn fällt nun fort,
Aber die Freiheit ist auch was wert.
Und das mit dem Schaukelpferd
Ist jetzt unser Wintersport.

Reklame

Ich wollte von gar nichts wissen.
Da habe ich eine Reklame erblickt,
Die hat mich in die Augen gezwickt
Und ins Gedächtnis gebissen.

Sie predigte mir von früh bis spät
Laut öffentlich wie im stillen
Von der vorzüglichen Qualität
Gewisser Bettnässer-Pillen.

Ich sagte: »Mag sein! Doch für mich nicht! Nein, nein!
Mein Bett und mein Gewissen sind rein!«

Doch sie lief weiter hinter mir her.
Sie folgte mir bis an die Brille.
Sie kam mir aus jedem Journal in die Quer
Und säuselte: »Bettnässer-Pille.«

Sie war bald rosa, bald lieblich grün.
Sie sprach in Reimen von Dichtern.
Sie fuhr in der Trambahn und kletterte kühn
Nachts auf die Dächer mit Lichtern.

Und weil sie so zähe und künstlerisch
Blieb, war ich ihr endlich zu Willen.
Es liegen auf meinem Frühstückstisch
Nun täglich zwei Bettnässer-Pillen.

Die ißt meine Frau als »Entfettungsbonbon«.
Ich habe die Frau belogen.
Ein holder Frieden ist in den Salon
Meiner Seele eingezogen.

GOTTFRIED BENN

Restaurant

Der Herr drüben bestellt sich noch ein Bier,
das ist mir angenehm, dann brauche ich mir keinen
Vorwurf zu machen
daß ich auch gelegentlich einen zische.
Man denkt immer gleich, man ist süchtig,
in einer amerikanischen Zeitschrift las ich sogar,
jede Zigarette verkürze das Leben um sechsunddreißig
Minuten,
das glaube ich nicht, vermutlich steht die Coca-Cola-
Industrie
oder eine Kaugummifabrik hinter dem Artikel.
Ein normales Leben, ein normaler Tod
das ist auch nichts. Auch ein normales Leben
führt zu einem kranken Tod. Überhaupt hat der Tod
mit Gesundheit und Krankheit nichts zu tun,
er bedient sich ihrer zu seinem Zwecke.

Wie meinen Sie das: der Tod hat mit Krankheit nichts
zu tun?
Ich meine das so: viele erkranken, ohne zu sterben,
also liegt hier noch etwas anderes vor,
ein Fragwürdigkeitsfragment,
ein Unsicherheitsfaktor,
er ist nicht so klar umrissen,
hat auch keine Hippe,
beobachtet, sieht um die Ecke, hält sich sogar zurück
und ist musikalisch in einer anderen Melodie.

1886

Ostern am spätesten Termin,
an der Elbe blühte schon der Flieder,
dafür Anfang Dezember ein so unerhörter Schneefall,
dass der gesamte Bahnverkehr
in Nord- und Mitteldeutschland
für Wochen zum Erliegen kam.

Paul Heyse veröffentlicht eine einaktige Tragödie,
Es ist Hochzeitsabend, die junge Frau entdeckt,
dass ihr Mann einmal ihre Mutter geliebt hat,
alle längst tot, immerhin
von ihrer Tante, die Mutterstelle vertrat,
hat sie ein Morphiumfläschchen:
»störe das sanfte Mittel nicht«,
sie sinkt zurück, hascht nach seiner Hand,
Theodor (düster, aufschreiend):

»Lydia! Mein Weib! Nimm mich mit Dir«! –
Titel: »Zwischen Lipp' und Kelchesrand.«

England erobert Mandelai,
eröffnet das weite Tal des Irawaday dem Welthandel;
Madagaskar kommt an Frankreich;
Russland vertreibt den Fürsten Alexander
aus Bulgarien.

Der Deutsche Radfahrbund
zählt 1500 Mitglieder.
Güssfeld besteigt zum ersten Mal
den Montblanc
über den Grand Mulet.
Die Barsois aus dem Perchinozwinger
im Gouvernement Tula,

die mit der besonders tiefbefahnten Brust,
die Wolfsjäger,
erscheinen auf der Berliner Hundeausstellung,
Asmodey erhält die Goldene Medaille.

Die Registertonne wird einheitlich
auf 2,8 cbm Raumgehalt festgesetzt;
Übergang des Raddampfers zum Schraubendampfer;
Rückgang der Holzschiffe;
über das chinesische Kauffahrteiwesen
ist statistisch nichts bekannt;
Norddeutscher Lloyd: 38 Schiffe, 63 000 t,
Hamburg-Amerika: 19 Schiffe, 34 200 t,
Hamburg-Süd: 9 Schiffe, 13 500 t.

Turgenjew in Baden-Baden
besucht täglich die Schwestern Viardot,
unvergessliche Abende,
sein Lieblingslied, das selten gehörte:
»wenn meine Grillen schwirren«
(Schubert),
oft auch lesen sie Scheffel's Ekkehard.

Es werden entdeckt:
der flügellose Vogel Kiwi-kiwi in Neuseeland,
der augenlose Molch in der Krainer Tropfsteinklamm,
ein blinder Fisch in der Mammuthöhle von Kentucky.
Beobachtet werden:
Schwinden des Haarkleides (Wale, Delphine),
Weisslichwerden der Haut (Schnecken, Köcherfliegen),
Panzerrückbildung (Krebse, Insekten) –
Entwicklungsfragen,
Befruchtungsstudien,
Naturgeheimnis,
nachgestammelt.

Kampf gegen Fremdwörter,
Luna, Cephir, Chrysalide,
1088 Wörter aus dem Faust
sollen verdeutscht werden.
Agitation der Handlungsgehilfen
für Schliessung der Geschäfte an den
Sonntagnachmittagen,
sozialdemokratische Stimmen
bei der Wahl in Berlin: 68 535.
Das Tiergartenviertel ist freisinnig,
Sänger hält seine erste
Kandidatenrede.

13. Auflage von Brockhaus' Konversationslexikon.

Die Zeitungen beklagen die Aufführung
von Tolstoi's »Macht der Finsternis«,
dagegen ist Blumenthal's »Ein Tropfen Gift«
eines langen Nachklangs von Wohllaut sicher;
»Über dem Haupt des Grafen Albrecht Vahlberg,
der eine geachtete Stellung in der hauptstädtischen
Gesellschaft
einnimmt,
schwebt eine dunkle Wolke«,
Zola, Ibsen, Hauptmann sind unerfreulich,
Salambo verfehlt,
Liszt Kosmopolit,
und nun kommt die Rubrik
»Der Leser hat das Wort«,
er will etwas wissen
über Wadenkrämpfe
und Fremdkörperentfernung.
Es taucht auf:
Pithekanthropos,
Javarudimente, –

die Vorstufen.
Es stirbt aus:
der kleine Vogel von Hawai
für die königlichen Federmäntel:
ein gelber Flaumstreif an jedem Flügel, -
genannt der Honigsauger.

1886 -
Geburtsjahr gewisser Expressionisten,
ferner von Staatsrat Furtwängler,
Emigrant Kokoschka,
Generalfeldmarschall v. W. (†),

Kapitalverdoppelung
bei Schneider-Creuzot, Krupp-Stahl, Putiloff.

ALBERT EHRENSTEIN

Der Ober

Ich Jean Czernohlavek, Großzahlmarqueur und
Erboberkellner vom Café Fanal,
Bin ein armes Hascherl.
Ins Untergymnasium ließ man mich gehn,
Doch von den Stiefeln wich die Wichse,
Es kam Konkurs.
Nun steh ich hier und leide
Abzüge, wenn Gebäck fehlt.
Andere sagen's, ich aber fühl es,
Wie sehr nach Salz das fremde Brot schmeckt!

Und ewig kommen Gäste.
Monokel zerschellen der schielenden Schieber;
Knaben, die noch ihr Bett beschlafen, schleichen
Her, mit sehnenden Augen bestreichen
Sie die zweischenkligen Mädchen.
Schlürfenden Blicks.
Bartfrohe danken schon den Göttern, die ihnen
Die sanften Gruben gruben,
Der breiigen Weiber, die sich gern unterbreiten.
Wie Schmutz liegen unter den Augen ihnen
Grau die süß verbrachten Nächte.
Was haben wir davon?!
Höchstens pumpen sie mich an,
Die Schlanken, die Literaten,
Die mit Manuskripten hausieren.
Ich bin halt doch ein guter Kerl!
Ich freu mich
Mit den Liebe verheißenden Augen,
Ich freu mich mit den Gewinnern aller Spiele,
Ich freu mich mit den sicheren Dieben,
Wenn sie nach langer Mühe ernten den
Geld und Wärme spendenden Pelz.
Hie und da schwillt von der Stadtbahn her
Der ruhmredige Pfiff einer Lokomotive.
Dann möcht ich ins Freie.
Schön wär's schon, in Ischl oder Aussee
Eine Filiale zu haben, pardon, ein eignes Café.
Doch nicht von derer Welt ist mein Reich –
Ich komm sofort, bitte sehr, bitte gleich!

HANS ARP

Der glühende Stummel

Ein Mann namens Mann sucht einen Mann namens Mann.
Der Mann namens Mann findet nach längerem Suchen
einen Mann namens Mann.
Dieser Mann namens Mann den unser Mann gefunden hat
ist jedoch nicht der Mann den unser Mann sucht.
Der Mann den unser Mann gefunden hat
ist ein Mann der ebenfalls Mann heißt
und einen Mann sucht der ebenfalls Mann heißt
ihn schließlich zu finden glaubt
der aber ebenfalls nicht der rechte Mann ist
sondern auch ein Mann der Mann heißt
und einen Mann sucht der Mann heißt und so fort ...
Obwohl alle diese Männer Männer finden die Mann heißen
sind es dennoch nicht die rechten Männer die sie suchen.
Diese Männer sagen sich nun mit Recht
daß sie so nie an ihr Ziel gelangen werden.
Diese Männer die alle einen Mann suchen namens Mann
kommen nun überein sich einer hinter den anderen
zu stellen
um diesen Knäuel zu entwirren
auf daß jeder seinen Mann namens Mann endlich finde.
Zu allem Elend ist es noch dazu ein heißes trockenes Jahr.
Unsere Männer namens Mann stehen ernst hintereinander
wie es sich für Männer namens Mann gehört.
Sie stehen da wie es sich für rechte Männer namens
Mann gehört
auf einem Bein dem sogenannten Standbein
das andere Bein das sogenannte Spielbein leicht vorgestellt
und rauchen und stehen und trocknen
und rauchen und stehen und trocknen.

Sie trocknen und trocknen und fangen an wie Laub
zu rascheln.
Ein Mann namens Mann läßt seinen glühenden
Zigarrenstummel
unvorsichtiger Weise in die Tasche seines Vordermannes
eines besonders trockenen Vordermannes fallen
der sofort Feuer fängt und lichterloh zu brennen anfängt.
Alle diese rechten und ordentlichen Männer rauchen
ungestört weiter
und denken nur an ihren Mann namens Mann.
Für ihre Treue und Ordentlichkeit werden sie aber
schlecht belohnt.
Der glühende Stummel hat nicht umsonst geglüht.
Alle Männer stehen auf einmal in Flammen.
Die Feuersbrunst der leider vergeblich suchenden
allzu trocken gewordenen Männer namens Mann
ist so radikal durchgreifend
daß nicht ein Mann von den Männern namens Mann
lebendig übrig bleibt.
Wo aber ist der gesuchte Mann namens Mann?

er kommt abhanden mit der hand
er kommt abfußen mit dem fuß
und trägt in seinem taschenfleisch
den aufgerollten redefluß

in acht und bann und neun und zehn
so übermannt und überfraut
daß keiner je sich je und je
und an der tafel nacktes kaut

sonst triptycht das grammatikkreuz
stanniolverpackt als schwarzer spaß
als einzahl mehrzahl rübezahl
als faselhans am faselfaß

KURT SCHWITTERS

1920

An das Proletariat Berlins!
Durchgangsverkehr

Die Kohlennot ist groß
Spart Gas und Fahrkartenpreise! (Übergangsverkehr.)
Fundsachen werden ersucht, die Bekanntmachung an der Leine zu führen
Hunde sind an den Bahnhofsbeamten zu versteuern
Schalterverwaltung im Krankenhaus (Nichtraucher unverwüstlich.)
Dieser Platz ist für die ungehinderten Hunde abzugeben
Jeder Handel ist Unbefugten Zahnpasta (auch der Schleichhandel.)
Juwelen sind untersagt und an der Weiterfahrt ausgeschlossen.
Ungeschützte Hutnadeln müssen in den Mittelgang treten
Nicht in den fahrenden Genossen springen (wenn der Zug hält.)
Nicht öffnen, bevor der Zug fährt (zur Pflege der Zähne.)
Das ist der Kardinalfehler unserer Politik.

Stumm

Ein Wurm hängt am Angelhaken.
Ein Fisch beißt den Wurm.
Der Fisch beißt auch den Angelhaken.
Die Angel zieht den Fisch.
Nun hängt der Fisch an der Angel.
Die Angel zieht ihn in die Luft.
Der Fisch stirbt in der Luft.
Die Angel stirbt den Fisch.
Ein neuer Wurm hängt am Angelhaken.
Ein neuer Fisch beißt den neuen Wurm.
Und neues Leben blüht aus den Ruinen.

Kleines Gedicht für große Stotterer

Ein Fischge, Fisch, ein Fefefefefischgerippe
Lag auf der auf, lag auf der Klippe.
Wie kam es, kam, wie kam, wie kam es
Dahin, dahin, dahin?

Das Meer hat Meer, das Meer, das hat es
Dahin, dahin, dahingespület,
Da lllllliegt es, liegt, da lllllliegt, llliegt es
Sehr gut, sogar sehr gut!

Da kam ein Fisch, ein Fefefefefisch, ein Fefefefefefe-
fefefefefefe-(schriller Pfiff) feFe feFe feFe feFefischer,
Der frischte, fischte frische Fische.
Der nahm es, nahm, der nahm, der nahm es
Hinweg, der nahm es weg.

Nun llllliegt die, liegt, nun llliegt die Klippe
Ganz o o o ohne Fischge Fischgerippe
Im weiten, weit, im We Weltenmeere
So nackt, so fufu furchtbar nackt.

Sie puppt mit Puppen

Die Puppen puppen mit kleinen Puppen,
Die kleinen Puppen puppen mit winzigen Puppen,
Die winzigen Puppen puppen mit Püppchen,
Die Püppchen puppen mit kleinen Püppchen,
Die kleinen Püppchen puppen mit winzigen Püppchen,
Die winzigen Püppchen puppen,
Keiner puppt mit ihr.
Ah, Du meine Puppe,
Meine süße Puppe,
Mir ist alles schnuppe,
Wenn ich meine Schnauze
Auf die Deine – bauze.
Püppchen Schnüppchen
Puppe Schnuppe
Schnuppe bauze.
Die Bäuzchen, Püppchen, Puppenfraun
Sie machen nur noch schnauze bauze.

Onkel Heini-Schlager

Und wenn die Welten untergehn,
Bleibt Onkel Heini doch bestehn,
Denn unser braver Onkel Heini
Hat immer noch die krummsten Beini.

Denn Heini braucht sich nicht zu bücken,
Es kann ihn doch kein Stern erdrücken.
Denn Sterne sausen stets bei Heini
Hindurch durch seine krummen Beini.

O, lieber Onkel Heini,
Wie krumm sind Deine Beini!
Wie sind die Beini krumm,
Wie ist das dumm!

Und ist der Erdenuntergang
Vorbei schon kilometerlang,
Der Stern ist längst vorbeigeflogen,
Von Heinis krummem Bein betrogen –

Warum denn hat der Onkel Heini
Noch immer stets die krummsten Beini,
Denn ließe er sie grade machen,
Dann würden alle Mädchen lachen.

O lieber Onkel Heini,
Wie krumm sind Deine Beini,
Wie sind die Beini krumm,
Wie ist das dumm!

ALFRED LICHTENSTEIN

Man hat mich glücklich eingesperrt,
Dran ist mir nichts gelegen,
Und für total verrückt erklärt
Des Dichtens nämlich wegen.

Denn erstens dicht' ich unerlaubt,
Grob und unmanierlich.
Und zweitens dicht' ich überhaupt
Und drittens zu natürlich.

Und viertens dicht' ich viel zu viel
Und viel zu atheistisch.
Und fünftens sei mein ganzer Stil
Sozusagen mystisch.

Und sechstens sei die Poesie
Von mir durchaus entbehrlich.
Und endlich sei ich ein Genie
Und auch noch sonst gefährlich.

Und achtens sei ich nicht von hier
Und fürchterlich versoffen.
Und deshalb, neuntens, stände mir
Die Gummizelle offen.

Das Urteil ließ mich völlig kalt.
Was sollt' mir denn passieren?
Ganz nett ist dort der Aufenthalt.
Man kann sich konzentrieren.

Die Gummizelle hat Kultur,
Das läßt sich nicht verhehlen.
Was mich betrifft – ich kann sie nur
Zum Dichten sehr empfehlen.

Rein kommt man doch, 's fragt sich nur wann.
Doch eins ist zu beklagen:
Der alte Zellenwärter kann
Das Reimen nicht vertragen.

Denn fange ich zu reimen an,
Dann wird er ungemütlich
Und ruft empört, der alte Mann:
»Nun sein Sie doch bloß friedlich!«

Drum schreib ich Ungereimtes meist
In der Gummizelle
Und was ich sonst mir etwas dreist
Von der Seele pelle.

Auch diese Verse tat ich da
Mir aus der Seele lutschen.
Wem's nicht behagt, der kann mir ja
Den Buckel runterrutschen.

Vergnügtes Mädchen

Zu meinem Bild von Schnackenberg

Sieh doch, so ein feines Luder.
Diesmal hatt' ich wirklich Schwein.
Sein Gesicht ist weiß wie Puder ...
Louis, nimm ihn ... Laß mich sein ...

Wird sich noch ein Bein ausrenken -
Oder schlägt an einen Pfahl -
Hui, der wird sein Lebtag denken
An den heut'gen Karneval. -

Kannst ihn ganz allein behalten ...
Daß dich nur kein Wachmann faßt ...
Geh doch zu der Sau, der alten ...
Die du ja viel lieber hast ...

Ich find alle Tage einen
Neuen Freund ... ich brauch dich nicht ...
Louis schielt nach meinen Beinen,
Schimpft. Und schlägt mich ins Gesicht.

»Wirst du gleich ihn bei den Füßen
Fassen ... Quatsch nicht ... So ... Gradaus.
Warte, Schleimstück, du sollst's büßen,
Kommst du erst mit mir nach Haus -«

Mich ergreift ein tolles Fieber.
Hii - ich freu' mich fürchterlich.
Endlich wieder ist mein lieber
Süßer Schieber geil auf mich.

Erotisches Varieté

Auf offner Straße in der Nacht
Entkleidet sich ein Kneipenwirt.
Ein Ingenieur ist aufgebracht,
Der sich bei seinem Weib verirrt.

Nach gleichgesinnten Viechern schielt
Ein homosexueller Hund.
Ein Greis, der mit sich selber spielt,
Merkt: Allzuviel ist ungesund.

In schmutzig grüner Tunke hockt
Ein blauer Syphilitiker.
Ein Boxer bebt. Ein Baby bockt.
Verstiert fault ein Zylinderherr.

Ein Auto bringt ein Fräulein um.
Ein Junge bricht ein Mädchen an.
Verbittert ist ein Mensch. Warum?
Weil er nicht coitieren kann.

KURT TUCHOLSKY

Wahre Liebe

Wenn ich so müd nach Hause komm,
zerredet und zerschrieben:
dann sitzt du da, so lieb und fromm.
Man muß, man muß dich lieben!
  Die Nacht gleich einem Feste ist.
  Ich weiß, daß du die Beste bist.
  Und warum ist das? Nämlich:
    Du bist so himmlisch dämlich.

Du hast es gut.
Du ahnst es nicht,
was Stalin jüngst gesprochen;
weißt nichts vom leipziger Reichsgericht
und nichts von Kunstepochen.
Du hältst einen Puff für ein Hotel
und Bronnen für einen lauteren Quell ...
Ich liebe dich. Weil ...
nämlich ...
Du bist so himmlisch dämlich!

Mein blondes Glück! Von Zeit zu Zeit
tu ich ein bißchen fremd gehn.
Die andern Frauen sind so gescheit
und lassen das noch im Hemd sehn.
Dann kehr ich reuig zu dir zurück
und genieße tief atmend das reine Glück ...
Dumm liebt zweimal.
Nämlich:
Du bist so himmlisch dämlich –!

Theorie der Leidenschaft Berlin N 54

Von wejen Liebe ...
Wat der Affe klönt!
Ick hab ma ehmt bloß an'n jewöhnt!
Ick weß nu schon: det Morjens seine Socken ...
uff seinen Oberarm die zweenhalb Pocken ...
Von wejen Liebe –!
Hö! So siehste aus.
Mensch, nischt wie raus!

Da sind wa neulich in'n Film jewesen.
Da jab et eenen schönen Brief zu lesen.
Een Vers:

Die Eifersucht ist eine Leidenschaft,
die mit Eifer sucht, was Leiden schafft.
Na ja doch. Aba det wär ja jelacht:
Wenn der mit seine Nutten macht –
ick sahre nischt. Ick kenn doch diß jenau!
Son fauler Kopp. Ick ärja mir bloß blau,
det ick mir ärjere. Denn der vadient det jahnich,
der Affenschwanz, der olle Piesenkranich.
Ick mach et janz jenau wie er – son Aas ...!
A det is komisch: mir machts keenen Spaß.
Mich kann die janze Männerbransche –!
Ick nehme jahnich jern Revansche.
Ick, Lottchen, bin ja dazu viel zu schlau.
So is det meine Meinung nach mit jede Frau:
Sofern wir iebahaupt 'n Herrn ham,
denn ham wir jern, det wirn jern ham!
Ob Schupouniform, ob in Zevil:
es is von wejen det Jefiehl.
Da weeß der jahnischt von. Der pust sich auf
und kommt sich vor un is noch stolz dadrauf ...
Von wejen Liebe ...
Det bestimmt doch keinesfalls
der Mann mit seinen unjewaschenen Hals!
Ich küsse Ihre Hand, Madam.
Diß jlauben bloß die Kälber.
Ick sahre so –:
Det Schönste an die Liebe is die Liebe selber.

Apage, Josephine, Apage –!

In Wien zuckte neulich die Baker mit ihrem Popo,
denn es zieren die Kugeln ihrer Brüste manch schönes
Revue-Tableau.
Auch tanzt sie bald auf dem rechten, bald auf dem linken
Bein –
und schielen kann sie, daß das Weiße nur so erglänzt in
ihren Äugelein.

Dies haben die Zentrums-Schwarzen, die jungen und
die alten,
leider für eine Anspielung auf ihre Kirche gehalten.
Auch fühlten sie sich bedroht in ihrer Sittlichkeit,
und sie ließen die Glocken läuten, ganz wie in schwerer
Zeit.
Drei Sühnegottesdienste stiegen auf zum österreichischen
Himmel,
und die Bußglocke gefiel sich in einem moralischen
Gebimmel.

Denn:
Wenn eine Tänzerin gut gewachsen ist
und einen Venus-Körper hat, der nicht aus Sachsen ist;
und wenn sie tanzt, daß nur der Rhythmus so knackt,
und wenn sie ein ganzes Theater bei allen Sinnen packt;
und wenn das Leben bunt ist hierzulande –: das ist eine
Schande.

Wenn aber Christus, der gesagt hat: »Du sollst nicht töten!«,
an seinem Kreuz sehen muß, wie sich die Felder blutig
röten;
wenn die Pfaffen Kanonen und Flugzeuge segnen
und in den Feldgottesdiensten beten, daß es Blut möge
regnen;

und wenn die Vertreter Gottes auf Erden
Soldaten-Hämmel treiben, auf daß sie geschlachtet werden;
und wenn die Glocken läuten: »Mord!« und die Choräle
hallen:
»Mord! Ihr sollt eure Feinde niederknallen!«
Und wenn jemand so verrät den Gottessohn –:
Das ist keine Schande.
Das ist Religion.

In aller Eile

– »Hallo! Hier Eisner und Ehrmann, wer dort –? Jawohl ... Man kann Sie nicht verstehen; Sie müssen etwas lauter sprechen! ... Dann werden wir Ihnen also die Faktur morgen zugehen lassen! Schluß!«

Telefongespräch 1895

– »Also ich telefoniere hier von der Post –
vor der Zelle stehn schon Leute –
ich fahre nach Lichterfelde-Ost
und erledige die Sache noch heute.
Was ich sagen wollte ... Warum warn Sie gestern nicht da?
auf der Modenschau?

Ich war mit der Putti ... wissen Sie ... na ...
Hände hat die Frau –!
Fabelhaft.

Wiesner –? Erzählen Sie mir doch nichts –
das nehm ich auf mein Eid –!
Bitte! Nach Ansicht des Gerichts
hab ich dazu immer noch Zeit!

Was ich sagen wollte ... Wir gehn Sonnabend aus ...
Mit ihrem Freund? Na, so blau!
Die nehm ich glatt mit mir nach Haus –
Augen hat die Frau –!
Fabelhaft.

Die Wechsel sind ... na, wie finden Sie das?
Die klopfen ans Fenster, weil ich
hier spreche – ich erzähl Ihnen persönlich noch was,
ich bin nämlich furchtbar eilig.
Was ich sagen wollte ... ich bin derartig scharf ...
Natürlich! Weiß ich genau,
was ein Schentelmän sich erlauben darf ...
Einen Rücken hat die Frau –!
Fabelhaft.

Wir legen die Schecks ... hallo? ... unterbrochen ...
Ich habe doch noch gar nicht gesprochen ...!
Na, denn nicht.
   Nur keine falsche Hast!
Ich spreche hier, solange 's mir paßt!
   Lümmel.
               Ja –! Nein –!
Na, da gehn Sie doch rein!
Eine Luft wie in einem Schwitzkastenbad ...
Was der schon zu telefonieren hat –
   Lümmel.«

Hände an der Schreibmaschine

Meine Schrift kann niemand lesen,
nicht mal ich. Nur noch Chinesen
pinseln wichtig.
Ich will kein solch Pinseler bleiben.
Mit acht Fingern laßt mich schreiben!
Aber richtig!
Hebel rauscht, und Glöckchen klingt,
und die Schreibmaschine singt:

Firma Anton Eiermann
sel. Nachfolger
Würzburg an der Würze

Berlin NW 87, den heutigen

Sehr geehrter Herr!

Auf ihr gefl. wenn auch ausverschämtes Schreiben vom 16. d. M. erlauben wir uns, Ihnen mitzuteilen, daß von einer unpünktlichen Zahlung unsrerseits überhaupt keine Rede sein kann.

Sie haben uns bisher erst 9mal (in vier Wochen) gemahnt, und kann das in Anbetracht der allgemeinen Geldknappheit nur als völlig

normal

Übung kommt so mit den Jahren.
Und ich schalte wie beim Fahren
dritten Gang ein.
Hoppla, Kurve! Achtung, Liebe!
Und ich schalte wie beim Fahren
jeden Klang ein.
Hebel rauscht, und Glöckchen zirpt,
und die Schreibmaschine wirbt:

Dir nur sagen, daß ich Dich so *leidenschaftlich* liebe, daß es schon allen meinen Bekannten auffällt, wie schlecht ich aussehe. Ich habe im letzten Monat 8 (acht) Pfund abgenommen, und das alles auf Dich herauf. Mein kleines Mäuseschwänzchen, wenn Du es irgend einrichten kannst, dann komm doch Sonnabend schon ein bißchen früher, aber zieh Dir nicht die Schlüpfer an, weil ich Dir etwas Wichtiges

Tausend Finger laufen eilig
amtlich, dienstlich, polizeilich
auf den Tasten.
Aufgebote für die Heirat,
das Gesuch beim Polizeirat,
Steuerlasten.
Hebel schnattern, Walze steht,
und die Schreibmaschine fleht:

An den Herrn
Regierungspräsidenten
Magdeburg

In Erneuerung meines Gesuchs vom 5. 4. 23 erlaube ich mir ergebenst auf beregte Angelegenheit zurückzukommen und um eine Namensänderung nochmals dringendst zu bitten. Die Tatsache, daß ich Schlotterhose heiße, hat mir bereits im geschäftlichen sowie auch im privaten Leben außerordentlich geschadet, und bitte ich, mir wenigstens durch einen Gnadenakt das

L

zu erlassen, wovon ich mir eine wesentliche

Besserung

Unser Leben, eingefangen,
ist durch dich hindurchgegangen,
Guillotine!
Unsere Freuden, unsere Sorgen,
gestern, heute, übermorgen –
o Maschine!
Hebel wirbeln, Wagen knackt,
und die Schreibmaschine tackt:

Sie dämliches Luder nur davor warnen, sich noch einmal im Geschäft so mausig zu machen. Wo doch Ihre Tochter Lottchen in der ganzen Straße bekannt ist als Rumtreiber-sche und auch Ihre Frau abends immer sehr spät und nicht immer allein nach Hause kommt wenn Sie mal auf Geschäftsuhr sind Dass Ihr Sauberer Herr Sohn ein Verfahren wegen der kleinen Wechselsache bei seiner Firma auf dem Hals hat, wird er Ihnen wohl nicht gesagt haben aber ich sage es Ihnen Sie Ochsenpantoffel!

Ein Freund des Hauses!

Alles weißt du, Maschine, immer stehst du startbereit!
In dir ist unser Beruf, unser Leben und unsre ganze Zeit.
Sogar auf Reisen kommst du mit, praktisch und gut verpackt,
bis eines Tages zum letzten Male dein Hebel knackt.

Millionen Konzerte steigen täglich auf aus Stahl und Papier.
Was wären wir ohne dich, du Geschäftsklavier –!

Trunkenes Lied

Der Igel sprach zum Oberkellner:
»Bedienen Sie mich ein bißchen schnellner!
Suppe – Gemüse – Rostbeef – und Wein!
Ich muß in den Deutschen Reichs-Igel-Verein!«

Da sprach der Oberkellner zum Igel:
»Ich hab so ein komisches Gefiegel –
ich bediene sonst gerne, prompt und coulant,
aber ich muß in den Oberkellner-Verband!«

Der Igel saß stumm, ohne zu acheln,
und sträubte träumerisch seine Stacheln –
Messer und Gabel rollten über die Decke.
Sie rollten zum Reichsverband Deutscher Bestecke.

Des wunderte der Igel sich.
Er ging in ›Für Herren‹ züchtiglich;
doch der Alte, der dort reine macht,
war auf der Deutschen Klosettmänner-Nacht.

Ein Rauschen ging durch des Igels Stoppeln –
er tät bedrippt nach Hause hoppeln
    und sprach unterwegs
    (und aß einen Keks):
»Ich wohne gern. Aber seit ich in Deutschland wohne,
ist mein igeliges Leben gar nicht ohne.
Sie sind stolz, weil sie sich in Gruppen mühn –
doch sie sind nur gestörte Individühn.
Menschen? Mitglieder sind diese Leute.
Unsern täglichen Verband gib uns heute!
        Amen.«
                (sagte der Igel).

Horoskop 1928

Prophezeiungen eines alten Chinesen

Ich werde, meine Herren Mitchinesen,
euch nunmehr etwas aus eurer Zukunft lesen.
Diesen Goldlack lasse ich von dem Plättchen aufsaugen - - -
Und was sehen meine entzündeten Augen?

Im Jahre 1928 werdet ihr oft zu wiederholten Malen
zehn Prozent Einkommensteuer bezahlen -
aber zum Glück nicht aus eurer Vermögensvermehrung,
sondern nur nach eurer Steuererklärung.
Auch werdet ihr durch einen rosa Brief in euern
Überziehertaschen
eure verehrte Frau Gemahlin auf das erfreulichste
überraschen,

als welche euch, weil sie heftig erregt,
ihren Pantoffel um die Ohren schlägt.
Sa - sa -!

Ihr werdet in euern Zeitungen lesen,
daß die Südarmee wieder siegreich gewesen;
und daß der General Tuang-fu-tscho
besiegte den Kontregeneral Tschung-po-po.
Dieses braucht euch aber nicht die Ruhe zu rauben -
ihr müßt mitnichten alles, was in der Zeitung steht,
glauben.
Denn dies ist der Zeitung tiefer Sinn:
die bessern Sachen stehen nicht drin.
Sa - sa -!

Ihr werdet ferner, hochverehrte Mitchinesen,
eines neuen Rundfunksenders genesen.
Daran wird der Oberchinese Al-phred-braun

eure Kinder betören sowie eure werten Ehefraun.
In den chinesischen Autobussen werdet ihr gepreßt sein,
und der Reis wird weich, und die Börse vorwiegend
fest sein.
Toi – toi –!

Dieses alles ersehe ich aus meinen Zaubergeräten.

Zeuchet nunmehr hin und entbrennet die Neujahrsraketen!
Was aber den 2. Januar angeht, so prophezeie ich hier:
der Kater ist ein durchaus heiliges Tier.
Ich habe schon manchen gesehn, der beneujahrt
nach Hause rollte,
weil er die ganze Nacht beim sa-cha-rin-sekt tollte,
weswegen er dem Weinstubenwirt am nächsten
Morgen heftig grollte,
und seine liebe Frau ihm gleich zu Beginn des Jahres
schmollte,
indem sie nicht wünschte, daß er sich so zurichten sollte.

Womit ich um ein kleines Trinkgeld oder Douceur gebeten
haben wollte.

MAX ERNST

Über Cézanne

Jedermann liebt jedermanns Cézanne u. rollt Augen: »Diese Pänthür! Ooo diese Pänthüüüre!« Je m'en fou de Cézanne, denn er ist ein enormes Stück Malerei. Jedermann liebt auch jedermanns Expressionisten, aber er wendet sich mit Abscheu weg von den genialen Zeichnungen in Pissoirs. Die vollkommenste Plastik hingegen ist der Klavierhammer. dada.

Der alte vivisektor

Dort auf jenem hügel, so rief der general, sehe ich dichte schützenlinien. Warum werden sie mir nicht gemeldet?
Es sind puppenräuber und blütenstände, wandte der adjudant ein.
Und jene artilleriebeobachtungsstände da drüben?
Das sind die brutknospen auf ihren leitern.
Halblinks ist eine starke batterie von anscheinend großem kaliber, fragte der führer nochmals; solche führen wir doch nicht.
Ew. Exzellenz haben ganz recht; es sind die bauchteile der eizellen, die spitzengänger der zukunft, die gliedmaßen der im schnee begrabenen. Sie übertreffen die sporen an schönheit und klarheit. Sie sind mit wurzelhaaren dicht besetzt. Ihre halskanäle tragen feine wimpern. Die giftzähne verbergen sie in den weichteilen ihrer frauen. Atemöffnung und assimilationsfäden tausendfach. Auf dem grunde des bechers der sonnentau.
Vorwärts, antwortete dieser. Die schrumpfung der wandzelle. Das auskeimen der sporen. Die unverbesserliche trinkerin.

RICHARD HUELSENBECK

Ende der Welt

Soweit ist es nun tatsächlich mit dieser Welt gekommen
Auf den Telegraphenstangen sitzen die Kühe und spielen Schach
So melancholisch singt der Kakadu unter den Röcken der spanischen Tänzerin wie ein Stabstrompeter
und die Kanonen jammern
den ganzen Tag
Das ist die Landschaft in Lila von der Herr Mayer sprach als er das Auge verlor
Nur mit der Feuerwehr ist die Nachtmahr aus dem Salon zu vertreiben
aber alle Schläuche sind entzwei
Ja ja Sonja da sehen Sie die Zelluloidpuppe als Wechselbalg an und schreien: God save the king
Der ganze Monistenbund ist auf dem Dampfer »Meyerbeer« versammelt
doch nur der Steuermann hat eine Ahnung vom hohen C
Ich ziehe den anatomischen Atlas aus meiner Zehe
ein ernsthaftes Studium beginnt
Habt Ihr die Fische gesehen die im Cutaway vor der Opera stehen
schon zween Nächte und zween Tage?
Ach Ach Ihr großen Teufel – ach ach Ihr Imker und Platzkommandanten
Wille wau wau wau Wille wo wo wo wer weiß heute nicht was unser Vater Homer gedichtet hat
Ich halte den Krieg und den Frieden in meiner Toga aber ich entscheide mich für den Cherry-Brandy flip
Heute weiß keiner ob er morgen gewesen ist
Mit dem Sargdeckel schlägt man den Takt dazu

Wenn doch nur einer den Mut hätte der Trambahn die
Schwanzfedern auszureißen es ist eine große Zeit
Die Zoologieprofessoren sammeln sich im Wiesengrund

Sie wehren den Regenbogen mit den Handtellern ab
Der große Magier legt die Tomaten auf seine Stirn
Füllest wieder Busch und Schloß
Pfeift der Rehbock hüpft das Roß
[Wer sollte da nicht blödsinnig werden]

BERTOLT BRECHT

Epitaph für M.

Den Haien entrann ich
Die Tiger erlegte ich
Aufgefressen wurde ich
Von den Wanzen.

Der Magier

Seht, mit wundervoller Bewegung
Zieht der Magier ein Kaninchen aus einem Hut
Aber auch der Kaninchenzüchter
Könnte wundervolle Bewegungen haben.

Großer Dankchoral

1.
Lobet die Nacht und die Finsternis, die euch umfangen!
Kommet zuhauf
Schaut in den Himmel hinauf:
Schon ist der Tag euch vergangen.

2.
Lobet das Gras und die Tiere, die neben euch leben und sterben!
Sehet, wie ihr
Lebet das Gras und das Tier
Und es muß auch mit euch sterben.

3.
Lobet den Baum, der aus Aas aufwächst jauchzend zum Himmel!
Lobet das Aas
Lobet den Baum, der es fraß
Aber auch lobet den Himmel.

4.
Lobet von Herzen das schlechte Gedächtnis des Himmels!
Und daß er nicht
Weiß euren Nam' noch Gesicht
Niemand weiß, daß ihr noch da seid.

5.
Lobet die Kälte, die Finsternis und das Verderben!
Schauet hinan:
Es kommet nicht auf euch an
Und ihr könnt unbesorgt sterben.

Epistel eines Dienstmädchens namens Bertha

Geliebter Franz Ich will es dir blos schreiben
das ich den Freitag doch nicht kommen kan.
Die Frau vereißt. Ich mus zuhauße bleiben.
den Kindern wegen. und bei ihren Mann.

Du darfst mir Letzteres nicht Übel nehmen
denn Dienst ist Dienst, dafor wird man bezahlt.
und bleib mihr treuh, sonst müstest du dich schemen.
auch wird die Küche neu und blau bemahlt.

Ich werde dabei immer an dich denken.
Ich hab doch wirklig wie man sagt Mallöhr.
Wirstu mir auch das Silberhalsband schenken?
Kauf es nur bald sonst hat er es nicht mehr.

Und ach, willstu um zwölf vorn hause warten?
du kanst auch feifen wenn du feifen kanst.
Mir bumeln dann ein bisjen mang den Garten.
stadt das du fremd gehst und mit andern tanzt.

Wenn du nicht da bist werde ich mir ärgern.
Auch Bänke sind im Garten, sühser Franz.
Und see ich dich noch einmahl mit der Bergern
dann is es auß von mir auß. foll und gans.

Die Gnädje will drei Auhtohs hohlen laßen.
Weil sie neun Koffern mit auf reißen nimt.
Ich meine das auch in den beßren Klaßen
nich egahl alles wie es sein soll stimt.

Na darin soll man sich nicht zu seer mischen
ein jeder tuht was er nicht laßen kan.
Nur wenn sie unsereins dabei erwischen
dann schnauzen sie als ging es ihnen an.

Die Gnädje brillt ich muß die Koffern pakken.
Mein Bruder kauft mir einen roten Hut.
Ich küße dir im Geihst auf beide Bakken.
Das Silberhalsband steht mir sicher gut.

Knigge für Unbemittelte

Ans deutsche Volk, von Ulm bis Kiel:
Ihr eßt zu oft! Ihr eßt zuviel!
Ans deutsche Volk, von Thorn bis Trier:
Ihr seid zu faul! Zu faul seid ihr!

Und wenn sie euch den Lohn entzögen!
Und wenn der Schlaf verboten wär!
Und wenn sie euch so sehr belögen,
daß sich des Reiches Balken bögen!
Seid höflich und sagt Dankesehr.

Die Hände an die Hosennaht!
Stellt Kinder her! Die Nacht dem Staat!
Euch liegt der Rohrstock tief im Blut.
Die Augen rechts! Euch geht's zu gut.

Ihr sollt nicht denken, wenn ihr sprecht!
Gehirn ist nichts für kleine Leute.
Den Millionären geht es schlecht.
Ein neuer Krieg käm ihnen recht.
So macht den Ärmsten doch die Freude!

Ihr seid zu frech und zu begabt!
Seid taktvoll, wenn ihr Hunger habt!
Rasiert euch besser! Werdet zart!
Ihr seid kein Volk von Lebensart.

Und wenn sie euch noch tiefer stießen
und würfen Steine hinterher!
Und wenn sie euch verhaften ließen
und würden nach euch Scheibe-schießen!
Sterbt höflich und sagt Dankesehr.

Ein Quartaner denkt beim Anblick des Lehrers

So, so. Sie wollen mich nachsitzen lassen.
Weil ich in Französisch gemogelt habe.
Das glaub ich. Das könnte Ihnen so passen.
Als wär ich ein ganz gewöhnlicher Knabe.

Ich möchte nur wissen, wofür Sie sich halten.
Sie werden schon, wenn wir Sie auslachen, rot.
Sie trauriger Mond ohne Bügelfalten!
Sie haben ja nicht mal Wurst auf dem Brot.

Sie sollten mal donnerstags bei uns sein.
In Ihrem Frack, der so komisch gebaut ist.
Da stünden Sie dann in der Villa allein,
in der es donnerstags immer so laut ist.

Da sind Minister bei meinen Eltern.
Und seidne Frauen und Direktoren.
Mit riesigen Autos und Riesengehältern.
Da wärn Sie, samt Ihrer Bildung, verloren.

Noch unser Schofför ist feiner als Sie.
Und Sie, Sie wollen mir was befehlen?
In Groß-Grünau auf der Klassenpartie
sah ich Sie heimlich die Groschen zählen.

Sie fahren morgens im Autobus.
Sie wohnen in Untermiete bei Blaus.
Der Seidelbast, der's genau wissen muß,
sagt, es sei ein scheußliches Haus.

Glauben Sie nicht, weil Sie Plato lesen,
daß uns das irgendwie imponiert.
Ihre Frau ist Stenotypistin gewesen.
Der Onkel von Harms hat mit ihr poussiert.

Ich sitze nicht nach! Nicht morgen, nicht heute.
Ich sag's meinem Vater. Der sagt's Rektor Schneider.
Mein Alter ist Herr über zwotausend Leute.
Ich huste auf Sie, Sie Hungerleider.

Die Dame schreibt der Dame

Du hast es gut. Du steckst in Cannes.
Hier in Berlin sieht's böse aus.
Wir müssen sparen, sagt mein Mann,
und essen abends meist zu Haus.

Mir scheint, es ist nicht ganz geheuer.
Erst gestern sprach er sorgenvoll,
das Auto würde ihm zu teuer.
Da wurde mir's denn doch zu toll!

Ich hab geweint. Ich hab geschrien.
Max sprach in einem fort von Geld.
Im Bett hab ich ihm dann verziehn.
Er schwur, daß er den Horch behält.

Du steckst in Cannes. Du hast es gut.
Hier ist nun Herbst. Das Laub wird welk.
Max sagt bei allem, was sich tut:
»Mein Geld!« Es knistert im Gebälk.

Es steht zum Beispiel nicht mal fest,
ob das Programm der Winterbälle
sich regulär abwickeln läßt!
(Ich habe das aus sichrer Quelle.)

Ein Kleid brauch ich auf jeden Fall,
ob Max nun Geld hat oder nicht.
Wir gehn ja doch zum Presseball,
falls nicht Revolution ausbricht.

Ich denk an Grün. Und zwar Chiffon.
Es wäre wirklich unerhört,
wenn man uns diesmal die Saison
durch Streiks und Straßenkämpfe stört!

Vielleicht fängt's erst im Frühjahr an?
Es steht sehr schlecht! Doch was weißt du!
Du hast es gut. Du steckst in Cannes.
Und ich nehm, trotz der Sorgen, zu.

Eine Animierdame stößt Bescheid

Ich sitze nachts auf hohen Hockern,
berufen, Herrn im Silberhaar
moralisch etwas aufzulockern.
Ich bin der Knotenpunkt der Bar.

Sobald die Onkels Schnaps bestellen,
rutsch ich daneben, lad mich ein
und sage nur: »Ich heiße Ellen.
Laßt dicke Männer um mich sein!«

Man darf mich haargenau betrachten.
Mein Oberteil ist schlecht verhüllt.
Ich habe nur darauf zu achten,
daß man die Gläser wieder füllt.

Wer über zwanzig Mark verzehrt,
der darf mir in die Seiten greifen
und (falls er solcherlei begehrt)
mich in die bessre Hälfte kneifen.

Selbst wenn mich einer Hure riefe,
obwohl ich etwas Beßres bin,
das ist hier alles inklusive
und in den Whiskys schon mit drin.

So sauf ich Schnaps im Kreis der Greise
und nenne dicke Bäuche Du
und höre, gegen kleine Preise,
der wachsenden Verkalkung zu.

Und manchmal fahr ich dann mit einem
der Jubelgreise ins Hotel.
Vergnügen macht es zwar mit keinem.
Es lohnt sich aber finanziell.

Falls freilich einer glauben wollte,
mir könne Geld im Bett genügen,
also: Wenn ich die Wahrheit sagen sollte,
müßt ich lügen!

JESSE THOOR

Der erste Brief des Bedienten Abu

Aber ich ... Abu, der Bediente ... armer Leute Kind ...
unwissend und einsam,
trage mit mir umher die Träume meiner Jugend wie das
tägliche Brot.
Abwechselnd bin ich sanftmütig oder stolz ... Ich habe
unter Menschen
(und an Tiere in gleicher Weise) die Reste meines Lohnes
verteilt.

Also nenne ich mich Abu, der Ungebildete ... der
aufgebrochen ist.
Ich, der Bediente ... mißhandelt und geplagt am Körper
und im Geiste.
Glöckner des Friedens, der die Taube sieht am Gewölk des
Himmels.
Ich preise die Liebe, und ich rühme die Erde.

Ich suche die Maste, die Planken und Nägel der
gestrandeten Schiffe.
Der Wind schlägt das Ungeziefer und den Schorf von
meinen Wunden.
Die Gebeine der Toten bedeckt die Brandung mit
Meerschaum und Sand.

Es stört mich längst nicht mehr das listige Schweigen der
Affen.
Rollt der Vollmond vorbei, rede ich mit den Geistern der
Versöhnung,
sitze ich bei den Wilden, die wie Kinder sind und singen: -
Abu, Abu!

Erster Nachsatz

Und der wie das blanke Meer einen Tropfen Wasser
angeschaut
Und der wie das Brot eine Krume Erde gesegnet hat.
Der einen Uhu freigelassen, einen Igel aufgehoben und
begrüßt
Der einen Abgeschiedenen empfangen, einen Toten
bewirtet hat.

Und der den armen Leuten das Kostgeld und den Zins
entwendet hat.
Den Kranken das Bett und den Gesunden den Tisch
weggenommen hat.
Den Weibern das Weinen und den Männern das Fluchen
gebracht hat.
(Im Himmel, Herr ... verzeih auch Jub, der viel gelitten hat.)

Und Dame Jo ... die mich verborgen ... die meine Flucht
vorbereitet hat.

Und Friederike ... die auf allen meinen Wegen mich
begleitet hat.
Und Wolfgang Langhoff ... der mir Geld und gute Worte
mitgegeben hat.

Und Max Pfänder ... der mich aufgenommen und gesund
gepflegt hat.
- Wie Einer ... der ohne Erwarten meinen Glauben gerettet
hat.
(- Und gib ihnen ein langes Leben und ein seliges Ende ...
Amen!)

Das Danksonett

Das warme Bett, das du mir gabst, und gute Brot,
womit wohl könnte ich mich nun bedanken –?
Denn wahrlich: größer als mein Herz ist meine Not,
und nichts besitze ich als Wünsche und erbauliche
Gedanken.

So nimm sie denn - und nimm auch meinen Segen:
daß unerhört sich fülle Scheune, Truh und Stall.
Daß du nach Möglichkeit empfängst den milden Regen,
und Sturm und Wind und Sonnenschein auf jeden Fall.

Und deinen Kindern wünsche ich Gesundheit und
Gewänder.
Und Butter auf dem Brot und bunte Bänder.
Und vieles, das du ihnen lange schon versprochen.

Und dir, mein Guter, einen allzeit steifen Ständer;
daß, kommt einmal dein Weib zu dir ins Bett gekrochen,
sie nicht mehr denkt: ach, welch ein hohler Knochen!

Wo ich wohne

Als ich das Fenster öffnete,
schwammen Fische ins Zimmer,
Heringe. Es schien
eben ein Schwarm vorüberzuziehen.
Auch zwischen den Birnbäumen spielten sie.
Die meisten aber
hielten sich noch im Wald,
über den Schonungen und den Kiesgruben.

Sie sind lästig. Lästiger aber sind noch
die Matrosen
(auch höhere Ränge, Steuerleute, Kapitäne),
die vielfach ans offene Fenster kommen
und um Feuer bitten für ihren schlechten Tabak.

Ich will ausziehen.

Bericht aus einem Kurort

Ich habe das Wasser noch nicht getrunken,
halte auch nichts davon.
Aber der Bahnhofsumbau
läßt an Zukunft denken,
das macht mich störrisch.

Mein Blutbild und Koniferenozon,
das Mißtrauen der Badeärzte.
Natur
ist eine Form der Verneinung.
Die Gedichte in der Kurzeitung
sind besser.

Zuversicht

In Saloniki
weiß ich einen, der mich liest,
und in Bad Nauheim.
Das sind schon zwei.

PAUL CELAN

DU SEI WIE DU, immer.
Stant up Jherosalem inde
erheyff dich
Auch wer das Band zerschnitt zu dir hin,
inde wirt
erluchtet
knüpft es neu, in der Gehugnis,
Schlammbrocken schluckt ich, im Turm,
Sprache, Finster-Lisene,
Kumi
ori

Das Böse

das »Böse« kommt vom faulen Zeitraum.
Die Tante ist böse auf mich.
der Onkel kommt spät heim.
Die Kinder sind böse.
Der Hund ist böse.
Die Hausfrau ist böse auf Dich –
Das Tor ist verschlossen.
Das Schiff ist gesunken, die Mann-
schaft ist böse.

Die Uhr

Sehr Schön sieht man auf die Uhr.
Sie besteht aus mehreren Teilen.
Sie besteht aus mehreren Teilen.
Sie besteht aus mehreren Teilen.
aus dem Ziffernblatt
Schön Titelblatt und aus dem Uhrwerk,
Schön sieht man auf die Uhr.

Die Uhr
und das Wetter

Am 21. April wurde die
Sommerzeit eingeführt. Die
jeweilige Uhr hatte das
nachsehen. Sie wurde um
eine Stunde vorgestellt;
vielleicht geht so manche
Uhr bei dem Wetter, Regen-
wetter, die Uhr, kapput, die
Zeit nicht mitmachen können.
so wie bei mir! Zwei Uhren kapput.
Vorgestern war ein derartiger Sturm
und ich war am Rückweg, da
kam eine Böe und ich verlor
meinen Hut. Er riss mir den Hut
vom Kopfe. Ich sah, aber er war
nicht mehr zum sehen. Sicher, den
hat schon ein anderer auf.

Der Wettstreit

Olympia alle 4 Jahre zu streiten
ist die Pflicht es zu bestreiten. Und zu
siegen. Österreich nimmt teil. Wie immer
Der Wettstreit ist nicht nur ein
sogenanntes Mädel – sondern auch
Männer, die daran teilnehmen.
vor allem. Und Liebe? Nein. Sondern
Stabhochspringen. Ist die Pflicht.

eine laus
im uhrgehäuse ..
o zeus!
eine laus
zwischen
den zähnen
der zeit ..
wenn die
räderchen
erst einmal
den juckreiz
verspüren –
dann
ist es
aus ...

ein furz

ein furz
im uhrgehäuse –
o zeus!
ein furz
zwischen den zähnen der zeit!
wenn die räderchen
erst einmal den geschmack verspüren
dann ist s aus ...

blauboad

i bin a ringlgschbüübsizza
und hob scho sim weiwa daschlong
und eanare gebeina
untan schlofzimabon fagrom ..

heit lod i ma r ei di ochte
zu einen libesdraum –
daun schdöl i owa s oaschestrion ei
und bek s me n hakal zaum!

so fafoa r e med ole maln
wäu ma d easchte en gschdis hod gem –
das s mii amoe darwischn wean
doss wiad kar mendsch darlem!

i bin a ringlgschbüübsizza
(und schlof en da nocht nua bein liacht
wäu i mi waun s so finzta is
fua de dodn weiwa fiacht ..)

ERICH FRIED

Zwiefache poetische Sendung

Der Hauptberuf der Schnabelsau
ist daß sie reimt auf Kabeljau
Doch wenn sie ihren Zensch entschleimt
bleibt selbst der Mensch nicht ungereimt

So halten Dichter Nabelschau
in unserm Kain- und Abelgau
Den Menschen wie den Kabeljäuen
obliegts dann sich am Reim zu freuen

Freie Wahl mit guten Vorsätzen

am Beispiel üste

Die üste hat die freie Wahl:
Wenn sie ein W wählt bleibt sie kahl
Wenn sie ein K wählt wird sie naß –
Die freie Wahl macht keinen Spaß

Steigerungsstufen für Aufsteiger

Arsch-
lecker

Arsch-
leckerer

Arsch-
leckerster

Usurpation

Eine fleischfressende Pflanze
hatte sich überfressen
an einem ganzen Schwein
sie war nicht groß genug

Ihre Blüten quiekten
ihr Stiel begann sich zu bauchen
die Wurzel ringelte sich
zuletzt lief sie grunzend davon

Schwein des Anstoßes

Wer nicht Anstoß
zum Stoßen
findet
der fühlt sich oft
abgestoßen
wenn vom Stoßen
die Rede
oder das Bild ist

Wir aber
stoßen an
auf das Stoßen
dann glaubt uns jeder
daß uns der Bock stößt
und nicht etwa
schon
der Wurm

Katzenfressende Mäuse

Katzenfressende Mäuse sind nicht wie der Herrgott sie schuf
Katzenfressende Mäuse bringen Hausmäuse in Verruf
Katzenfressende Mäuse sind unbelehrbare Rebellen
Katzenfressende Mäuse können auch knurren und bellen
Katzenfressende Mäuse sind heimliche Hunde
Katzenfressende Mäuse sind eine offene Wunde
Katzenfressende Mäuse sind eine Gottesgeißel
Katzenfressende Mäuse haben Nagezähne wie Meißel
Katzenfressende Mäuse fressen auch Bäume
Katzenfressende Mäuse sind ohnmächtige Racheträume
Katzenfressende Mäuse sind fleischgewordene Süchte
Katzenfressende Mäuse sind subversive Gerüchte
Katzenfressende Mäuse sind nicht ehrliche Nagetiere
Katzenfressende Mäuse sind nur Hörensagetiere
Katzenfressende Mäuse sind eine Utopie
Katzenfressende Mäuse verbreiten Anarchie
Katzenfressende Mäuse sind entbehrlich
Katzenfressende Mäuse sind staatsgefährlich
Katzenfressende Mäuse sind falsch und verlogen
Katzenfressende Mäuse sind grausam erzogen
Katzenfressende Mäuse sind unerhört
Katzenfressende Mäuse sind sexuell gestört
Katzenfressende Mäuse sind moralisch und geistig verdorben
Katzenfressende Mäuse sind ausgestorben

HELMUT HEISSENBÜTTEL

die Zukunft des Sozialismus

niemand besitzt was
niemand beutet aus
niemand unterdrückt
niemand wird ausgebeutet
niemand wird unterdrückt
niemand gewinnt was
niemand verliert was
niemand ist Herr
niemand ist Sklave
niemand ist Vorgesetzter
niemand ist Untergebener
niemand ist einem was schuldig
niemand tut einem was

niemand besitzt nichts
niemand beutet niemand aus
niemand unterdrückt niemand
niemand wird von niemand ausgebeutet
niemand wird von niemand unterdrückt
niemand gewinnt nichts
niemand verliert nichts
niemand ist Herr von niemand
niemand ist Sklave von niemand
niemand ist niemands Vorgesetzter
niemand ist niemands Untergebener
niemand ist niemand was schuldig
niemand tut niemand was

alle besitzen alles
alle beuten alle aus
alle unterdrücken alle
alle werden von allen ausgebeutet
alle werden von allen unterdrückt
alle gewinnen alles
alle verlieren alles
alle sind Herr von allen
alle sind Sklave von allen
alle sind Vorgesetzter von allen
alle sind Untergebene von allen
alle sind allen alles schuldig
alle tun allen alles

alle besitzen nichts
alle beuten niemand aus
alle unterdrücken niemand
alle werden von niemand ausgebeutet
alle werden von niemand unterdrückt
alle gewinnen nichts
alle verlieren nichts
alle sind Herr von niemand
alle sind Sklave von niemand
alle sind niemands Vorgesetzter
alle sind niemands Untergebener
alle sind niemand nichts schuldig
alle tun niemand nichts

Gelegenheitsgedicht Nr. 3

(es-Kamotage für Hans Carl Artmann 1966)

ists
es ist
was ists
das ists
ists das
das wärs

gibts das
das gibts
was gibts denn da schon wieder
da gibts was
ists denn das
wenns das wäre
das wärs

es sei denn daß
was solls
solls denn was
was solls

frei und schlecht

ich bin frei und mir ist schlecht.
warum sollte mir nicht schlecht sein?
freilich sollte mir schlecht sein, und es ist mir auch
schlecht.
es könnte mir allerdings auch nicht schlecht sein.
dann würde ich sagen: ich bin frei
und mir ist nicht schlecht.

urteil

die gedichte dieses mannes sind unbrauchbar.

zunächst
rieb ich eines in meine glatze.
vergeblich. es förderte nicht meinen haarwuchs.

daraufhin
betupfte ich mit einem meine pickel. diese
erreichten binnen zwei tagen die größe mittlerer kartoffeln.
die ärzte staunten.

daraufhin
schlug ich zwei in die pfanne.
etwas mißtrauisch, aß ich nicht selber.
daran starb mein hund.

daraufhin
benützte ich eines als schutzmittel.
dafür zahlte ich die abtreibung.

daraufhin
klemmte ich eines ins auge
und betrat einen besseren klub.
der portier
stellte mir ein bein, daß ich hinschlug.

daraufhin
fällte ich obiges urteil.

hernals

oh scheiße, ich habe gestern
mein abendgebet vergessen
aber heut früh wirst du es, lieber gott
auch noch akzeptieren

»lieber gott, laß mich eher sterben
als eine todsünde begehen«

wie es eben jetzt geschehen könnte
denn es ist sonntag
und ich habe nicht die absicht zur messe zu gehen
was eine todsünde ist
sondern bleibe im warmen bett
um noch ein bißchen zu onanieren
was ebenfalls eine todsünde ist
wie meine mutter mir erklärt hat
eh man sie begraben hat
auf dem hernalser friedhof
hoch über der stadt, meinem geliebten
wien.

seltsam, wie oft
er mein gebet schon nicht erhört hat.

daliegen
sich anscheißen
und gewaschen werden
und daliegen
sich anscheißen
und gewaschen werden
und daliegen
und sich anscheißen
und gewaschen werden
und daliegen
und die letzte ölung kriegen
und sich anscheißen
und gewaschen werden
und daliegen
daliegen
und in himmel kommen

durch die wüste

ja sie hätten ihm ins hirn geschissen
er erinnere sich daran noch ganz genau
es sei ein mann gewesen und eine frau
und sie hätten sich dann nach westen weiterbewegt
durch eine wellenförmig verlaufende wüste
nebeneinander doch auf abstand und nicht zu rasch
als liege ein langer schwerer weg vor ihnen

erfolg beim dritten versuch

	sich	durch	den	
er versucht				jakopfgen
	eine	kugel	zu	
	sich	durch	den	
er versucht				jkaogpefn
	eine	kugel	zu	
	sich	eine		
er jagt			kkuogpefl	
	durch	den		

spruch mit kurzem o

ssso

FRANZ MON

Komische Angewohnheiten

Es kann ja nichts schaden, wenn drei dicke Männer nebeneinander stehend eine von einem Vierten nicht erkennbare Anzahl von Pissoirbecken füllen, ohne über die Schulter zurückzuschielen auf die Folgen des Westfälischen Friedens (1648), vor allem aber, ohne ihre linke Hand sinken zu lassen, in der der eine eine Feuerlilie, der andere das Sternenbanner und der dritte den Stern von Bethlehem hält. Fatal wäre es nur, wenn der Abfluß vor ihnen auf den Namen Eichmanns hörte. Das wäre fatal.

*

In kalten Zugzwang gerät der Fingerhut auf dem Penis eines Fahrkartenkontrolleurs, sobald die Axt Abrahams sich als Kostenfaktor bei der Geburtenkontrolle seiner Ehefrau auswirkt. Damit hat er, damit konnte er auch, damit durfte er überhaupt nicht rechnen. Über Stock und Stein davonspringen sieht der Fahrkartenkontrolleur gerade noch das kleine, weiße Ei, das seine zuverlässig mechanisierte Knipszange aus dem Karton mit dem aufgedruckten Reiseziel gestanzt hat. Da macht er aber Augen.

*

Komische Angewohnheit: Mit dem Daumen der Linken über die Schulter zurückzuzeigen und dabei ein Brathuhn, oder besser noch: den Engel im Auge zu haben, der es sich auf dem dortigen Balken bequem gemacht hat. Es fuchst dich maßlos, daß auch er das Hühnchen im Auge zu haben scheint, und du ahnst, wie ihm bereits das Wasser im Munde zusammenläuft, das doch das deinige sein sollte. Aber deine Schleimhäute bleiben trocken, ist der Engel doch viel größer als das Brathuhn. Ganz zu schweigen davon, daß er, im Gegensatz zu diesem, ungerupft im Vollbesitz seines Federkleids prahlt. Wie soll dir da nicht die Spucke wegbleiben. Der Daumenzeig über die Schulter in den Hintergrund hilft da auch nicht weiter.

fastenzeit
oder hunde wollen ewig leben

kein komma
kein kohle
kein sack vor der tür
kein sonst

kein abfuhr
kein kratzer
kein sammelverkehr.
kein mucks nicht
kein milli
kein masterstück
bloß ackerbau viehzucht
dazu ein furunkel am obersten ast.

oder:
ist oder ein hund mehr wert als zwei oder drei
oder wärs wie ein stück von mir oder dir
oder wärs ein gummi auf widerruf.
fett fällt ja nicht unter die räuber
und auch wachs weicht nicht der drohung.

aber:
aber ist oben.
aber obs oben
aber obs oben schön ist.
auf keinen fall aber baden
auf jeden fall aber buckeln
so daß dann doch mein rotkehlchen blühte.

wie wärs in der pfanne?
wie war doch der name?
wärs diesmal doch müllers kuh?
wars aber weder
noch weder nicht doch
am tage drauf: kann kaum
die schuhspitze das lack-
äffchen mich noch mal beuteln.

dein wuschelhaar wächst
über den rand der pfanne.
wie wuchs denn auf der linken backe
die schiefertafel mir bloß über den kopf.
der handteller: riesig längst leergefressen
das fußeisen: fett cholerisch und auf dem einen auge blind.

wo blieb da der humor denn
und wo bloß das aber
das mir mal aus der hand fraß.

am kragen: ein lachfältchen
am ohr: noch ein rest vom strick
in der faust: ein iks oder wachs
oder das hinkel im moment vor der verspeisung.
kein sonst.
kein mucks.
kein milligramm.
nur ob
oder aber
oder ob aber oder aber ob überhaupt.

konterkariert

kann keiner kentern?
  einer könnte kontern.
keiner konnte kentern!

kann keiner kontern?
  einer könnte kugeln.
keiner konnte kontern!

kann keiner kugeln?
　einer könnte kokeln.
keiner konnte kugeln!

kann keiner kokeln?
　einer könnte kicken.
keiner konnte kokeln!

kann keiner kicken?
　einer könnte kacken.
keiner konnte kicken!

kann keiner kacken?
　einer könnte kotzen.
keiner konnte kacken!

kann keiner kotzen?
　einer könnte kitzeln.
keiner konnte kotzen!

kann keiner kitzeln?
　einer könnte küssen.
keiner konnte kitzeln!

kann keiner küssen?
　einer könnte kauen.
keiner konnte küssen!

kann keiner kauen?
　einer könnte kungeln.
keiner konnte kauen!

kann keiner kungeln?
　einer könnte köpfen.
keiner konnte kungeln!

kann keiner köpfen?
    einer könnte kullern.
keiner konnte köpfen!

kann keiner kullern?
    einer könnte keinen.
keiner konnte kullern.

GÜNTER GRASS

Musik im Freien

Als die Pause überwunden schien,
kam Aurele mit dem Knochen.
Seht meine Flöte und mein weißes Hemd,
seht die Giraffe die über den Zaun späht,
das ist mein Blut, welches zuhört.
Nun will ich alle Drosseln besiegen.

Als der gelbe Hund über die Wiese lief,
verendete das Konzert.
Später fand man den Knochen nicht mehr.
Die Noten lagen unter den Stühlen,
der Kapellmeister nahm sein Luftgewehr
und erschoß alle Amseln.

Normandie

Die Bunker am Strand
können ihren Beton nicht loswerden.
Manchmal kommt ein halbtoter General
und streichelt Schießscharten.
Oder es wohnen Touristen
für fünf verquälte Minuten –
Wind, Sand, Papier und Urin:
Immer ist Invasion.

Kinderlied

Wer lacht hier, hat gelacht?
Hier hat sich's ausgelacht.
Wer hier lacht, macht Verdacht,
daß er aus Gründen lacht.

Wer weint hier, hat geweint?
Hier wird nicht mehr geweint.
Wer hier weint, der auch meint,
daß er aus Gründen weint.

Wer spricht hier, spricht und schweigt?
Wer schweigt, wird angezeigt.
Wer hier spricht, hat verschwiegen,
wo seine Gründe liegen.

Wer spielt hier, spielt im Sand?
Wer spielt, muß an die Wand,
hat sich beim Spiel die Hand
gründlich verspielt, verbrannt.

Wer stirbt hier, ist gestorben?
Wer stirbt, ist abgeworben.
Wer hier stirbt, unverdorben,
ist ohne Grund verstorben.

Nächtliches Stadion

Langsam ging der Fußball am Himmel auf.
Nun sah man, daß die Tribüne besetzt war.
Einsam stand der Dichter im Tor,
doch der Schiedsrichter pfiff: Abseits.

Tour de France

Als die Spitzengruppe
von einem Zitronenfalter
überholt wurde,
gaben viele Radfahrer das Rennen auf.

OSKAR PASTIOR

Ich bin ein farsch geleimtes Kind
– wenn ich heule pfeift der Hund

Pfeift der Hund auf einem Bein
fällt vom Herzen mir ein Stuhl

Für einen Stuhl mit beiden Ohren
staunt er mich an wie neu genagelt

Wie vernagelt klemmt der Kaffee
Pu ich glaub mich laust ein Igel

Laust ein Igel sich von hundert?
– fragt der Laie sich und wackelt

Sehr verwackelt knurrt der Wind:
ich bin ein farsch geleimter Hund

im zweifel – immer für süß
salzig und sauer fällt aus
auch fleisch fällt fisch-egal
weil länger-süß will süß-hunger

süß-fisch und süß-fleisch fällt süß
auch kuchen und fettgebäck – egal was
süß-zweifel ist süß-igelzahn egal wofür
immer wenn süß will fällt süß aus – genau

salzig ist süß-egal – kuchen säuert aus
fisch will egal was ausfällt süß-süß
salzig-fett und sauer-satt hat wurst
rache hat heu-heu – einen haufen ausfall

hunger will süß-wasser und heu-fisch
und salzig-sauer aus zweihundert fleisch
und mit viel fett und süß-haut von leber
will süß-satt-scharf – weil drei aus vier süß

die männer und die weiber
haben nur herzl. begl. im sinn
und ich bin so lebl. und labl.
und hab im knäul ein spürg

mein geschl. hat eben ein tägl.
aus kopfball und theben für
mehrere trillerpfeifen und ein
unentsch. embl. für die obl. zübl.

die hebel und die lautsprecher
haben nur ihren club im sinn
und ich bin so klägl. probl. und
habe auch nur muskel im kinn

bo sie mich für intel.-eigelb
halten – na gut ich kenne mich
mit diesen ausdr. auch nicht
besser aus als die engländer

aber daß wir mützen stricken
ist für pungl. eintr. so egal
wie schniekonl. für knieschonl.
wenn es im wimbledon schneit

wollflauschmantel

also das differenz am trivial
besteht aus einem obsolet
das widersteht im regelfall

und im vertraun aufs futteral
dem alphajet – wer will versteht
also das differenz am trivial-

kalau als vulgo so ein kal-
orien oder -amitätsgerät
das widersteht im regelfall

dem missing link im muttermal
des malte laurids im falsett:
also das differenz am trivial

geht aus wovon gemeines all
als laster dasteht etwas blöd
– das widersteht im regelfall

dem polymer am emskanal
sooft man an den köpfen dreht:
also das differenz am trivial
das widersteht im regelfall

GÜNTER BRUNO FUCHS

Geschichtenerzählen

Gestern sah ich
einen hohen Offizier
auf einen Baum steigen –
da wußte ich: die Militärs
bemühen sich um gute Aussicht.

Heute früh
sah ich drei grüne Fische
teppichklopfen –

da wußte ich: wer sich über den Anblick
teppichklopfender Fische
nicht verwundert,
hält diesen Anblick entweder für möglich
oder hat ihn gar nicht zu Gesicht bekommen.

Vorhin sah ich drei Telefonzellen
über den Ozean schwimmen –
da wußte ich: eine Nachricht aus Übersee
wird dich erreichen.

Nun, wie gefällt Ihnen das?

Bitte bitte, hören Sie auf! –
Ich glaube,
Sie erzählen mir da lauter Geschichten.

Der Zauberer

Bevor der Zauberer
durch seinen Zylinderhut sprang,
hieß er
Karlheinrich Oberholz. Wenig später
fand man seinen Wandergewerbeschein
in einer Furche wieder.

Oberholz,
der struppige Hasenvater, hat kürzlich
einen zielenden Förster hypnotisiert.
Der Mann hält noch immer
die Flinte im Anschlag, ein grünes
Denkmal in der Heiden.

HANS MAGNUS ENZENSBERGER

Über die Schwierigkeiten der Umerziehung

Einfach vortrefflich
all diese großen Pläne:
das Goldene Zeitalter
das Reich Gottes auf Erden
das Absterben des Staates.
Durchaus einleuchtend.

Wenn nur die Leute nicht wären!
Immer und überall stören die Leute.
Alles bringen sie durcheinander.

Wenn es um die Befreiung der Menschheit geht
laufen sie zum Friseur.
Statt begeistert hinter der Vorhut herzutrippeln
sagen sie: Jetzt wär ein Bier gut.
Statt um die gerechte Sache
kämpfen sie mit Krampfadern und mit Masern.
Im entscheidenden Augenblick
suchen sie einen Briefkasten oder ein Bett.
Kurz bevor das Millennium anbricht
kochen sie Windeln.

An den Leuten scheitert eben alles.
Mit denen ist kein Staat zu machen.
Ein Sack Flöhe ist nichts dagegen.

Kleinbürgerliches Schwanken!
Konsum-Idioten!
Überreste der Vergangenheit!

Man kann sie doch nicht alle umbringen!
Man kann doch nicht den ganzen Tag auf sie einreden!

Ja wenn die Leute nicht wären
dann sähe die Sache schon anders aus.
Ja wenn die Leute nicht wären
dann gings ruckzuck.
Ja wenn die Leute nicht wären
ja dann!
(Dann möchte auch ich hier nicht weiter stören.)

Isotop

Reffen wir ruhig die Regenschirme!
Die nächste Sintflut wird seicht sein.
Das alte Verfahren, Majore und Kühe
auf Hochspannungsmasten, der allgemeine
Andrang zum Ararat, zu den Alpenvereinen,
das Inlett plötzlich geplatzt, Panik
unter den Klempnern und pampige Tauben
mit oder ohne Ölzweig, das alles
hat sich nicht recht bewährt: immer
dieselben Gerechten entstiegen der Arche
und begaben, den Wasserleichen zum Hohn,
Wandelanleihen und Päpste al pari.

Heute sind im Ural und in Arizona
Nobelpreisträger in Rudeln dabei,
den Wirkungsgrad zu verbessern,
um die Knöchel der Damen zu schonen.
Zuversicht herrscht in den Labors,
aus den Türritzen dringt ein Tau,
ein Ausschlag, feucht und human,

bomben-, tod- und betriebssicher, fett,
ein heiserer hauchdünner Schweiß.

Vorbei ist die Zeit der Versuche,
aus den Poren der Welt kriecht längst
eine dürre Flut, und wir ersaufen,
diszipliniert vor den Fahrkartenschaltern
kniend in Kuckucksuhren und Jod.

Ratschlag auf höchster Ebene

Makers of History! Schüttere Wölfe,
geschminkte Keiler, Kastraten
mit Herzklaps, Affensaft
in der welken Milz, eine Hutzel
zwischen den Beinen:

schlaflos über dem Golfstrom,
von schönen Klippern geschleudert
durch Wolkenlagunen; doch tut
keine Windsbraut euch auf
ihr wildes Herz, ihren weißen Leib:

immer dieselbe Vettel, History,
häßliche Hostess, besteigt
eure sauren Betten, melkt
aus euch ihre trübe Lust.

Steigt aus! Ohne Fallschirm!
Sterbt! Kein Weib weint
hinter euch eine Träne:
selbst die Vettel vergißt euch.

Blindlings

Siegreich sein
wird die Sache der Sehenden
Die Einäugigen
haben sie in die Hand genommen
die Macht ergriffen
und den Blinden zum König gemacht

An der abgeriegelten Grenze stehn
blindekuhspielende Polizisten
Zuweilen erhaschen sie einen Augenarzt
nach dem gefahndet wird
wegen staatsgefährdender Umtriebe

Sämtliche leitende Herren tragen
ein schwarzes Pflästerchen
über dem rechten Aug
Auf den Fundämtern schimmeln
abgeliefert von Blindenhunden
herrenlose Lupen und Brillen

Strebsame junge Astronomen
lassen sich Glasaugen einsetzen
Weitblickende Eltern
unterrichten ihre Kinder beizeiten
in der fortschrittlichen Kunst des Schielens

Der Feind schwärzt Borwasser ein
für die Bindehaut seiner Agenten
Anständige Bürger aber trauen
mit Rücksicht auf die Verhältnisse
ihren Augen nicht
streuen sich Pfeffer und Salz ins Gesicht
betasten weinend die Sehenswürdigkeiten

und erlernen die Blindenschrift
Der König soll kürzlich erklärt haben
er blicke voll Zuversicht in die Zukunft

GÜNTER KUNERT

Den Fischen das Fliegen

Beigebracht. Unzufrieden dann
Sie getreten wegen des
Fehlenden Gesanges.

REINHARD LETTAU

Erlebnis und Dichtung

Wer
kommt nach Hause mit einem Schweinekopf,
den er neben die Staffelei legt, vor die er sich stellt,
um ihn zu malen,
trägt ihn dann in die Küche, kocht und
ißt ihn später im Wohnzimmer, nachdem er
am Schreibtisch ein Gedicht über ihn gemacht hat, wer
erhebt sich mit dem Skelett und
malt es im gleichen Format?

Ein Kollege, mitten in seiner
klassischen Periode.

Aus dieser einfachen Überlegung: daß
alles gelingt, d. h.
alles fertig wird, d. h.
alles verwendbar ist,
entsteht Klassik.

Dies
ist ein klassisches Gedicht.

PETER RÜHMKORF

Schluß der Audienz

Mensch, gehn Sie mir ab mit sich!
Ich komme Ihnen ja auch nicht mit meinen
selbstgemachten Patentveilchen.
Und lassen Sie den Hut bitte gleich oben.
So ein Schweißband hält nämlich die Gedanken viel besser
zusammen.

Was, die Substanzfrage wollen Sie anschneiden, in wessen
Auftrag denn?
Mann! Sie belegen Ihr Brot doch auch nur mit der eigenen
Zunge.

Aber wissen Sie:
Leute wie Sie hab ich täglich welche Konkurs machen sehn.
Wenn da nur Ihr Geschäftsfreund mal plötzlich vom Konto zieht,
und Sie können nicht mithalten,
wackelt gleich der ganze gemütliche Überbau.

Die Menschheit?
Ans Herz damit!
Aber ohne mich.
Das Geistige?
Fraglos!
Aber nicht doch in diesem Zusammenhang.
Oder haben Sie schon mal ne Menschheit gesehn, die von da
ihren Brennstoff bezieht?
Aber wenn der Zuwachs des Humanvolumens Sie
wirklich ernsthaft beschäftigt,
die Akzeleration zum Beispiel,
dann werfen Sie doch da mal ein wachsames Auge drauf.

Nein, auf mich bringen Sie die Rede heute bestimmt nicht mehr.
Ehrlich gesagt, stilisier ich meinen Preßkopf lieber
unter Ausschluß der Öffentlichkeit,
und mit Tränen zur Lage
kann ich nicht dienen –
Friedlich
in meinen Chippendale-Sessel gelehnt
(das sei überhaupt keine echte Stellungnahme? Es ist die meine!)
fülle ich meine Person mit der unverbindlichen Abendluft.
Ja, ich entwickle hier noch meine eigene Klassik.
Aber auch die riecht,
zugegebenermaßen,
schon ein bißchen stark nach der Packung.

Davon singet sein Mund

Wo der Schnee fault, das Feuer schimmelt, die Luft
verrottet,
in Täuschland,
wo mein Entsetzen zu Haus ist,
will ich zum ersten, zum zweiten, zum letzten,
rrrumms!
will dies unverkieselte Herz und, ehe das Auge trocken
steht,
Lust und Wut und viele gebrechliche Dinge
lauthals preisen,
unter, ah!
Atem halten will ich, daß er uns bleibe:
Gesang!

Ja-ja, schlag er sich nur an die machtvoll rauschende Brust
und sing:
Fröhlich bin ich in Hoffart!
Schneidet er Fratzen in Frankfurt,
haut er in Hamburg sein Hirn auf den Kopf,
immer wisset:
aus Niederem nähret die Freude sich,
und was in Mops und Möwe
bellt oder segelt,
macht auch ihm seine Kehle schwellen auf Widerruf,
oh hört nur:
Hallelujah – Hallelujah,
wie er die Zunge rührt ungläubig und einmalig.

Was ist es denn sonst, das sein Fleisch
schon jetzt aus der Fassung bringt
als
seine Verderblichkeit – ?! –
Hacke und Schnauze, wie stockt es so bald und bleibt
zwischen Schläfe und Hosenstall garnichts Bewegliches;
auch
seine freischaffende Seele,
hochfahrend noch und sein herrenlos reisiger Geist,
schmählicher einst als sein Buckel der Erde anheimfällt,
eine Handvoll flüchtigen Düngers,
so strebet es himmelan.

Davon singet sein Mund,
und dann,
über dich gebeugt und über die Salzburger Nockerln:
aller guten Dinge kurzen Zusammenhang,
also:
das Vorhandene:
hier und unter dem Hammer köstlich geheißen, da
da aber kommt
– ei, dein wechselfarbenes Haar im Zwielicht! –
garnichts von Hegel her, und
reproduziert sich in Form von Gesang
KEIN WELTGEIST.

Einer der Allergeringsten

Leslie Meier trägt seine Haare zurückgekämmt.
Seine Existenz reicht vom Sirius bis zum Absatz, dem schiefen.
Was ihm der Tag in die hirnene Reuse schwemmt,
Furcht und Vernunft, die üblichen Hieroglyphen.

Leslie Meier dreht den Kopf nach den alten Gesetzen;
er merkt: die Welt besteht aus Blut und Benzin –
Wenn ihn die Furien über den Schotter hetzen,
siehe, er weiß, sie erkennen ihn!

Dieser Mann ist sicher einer der Allergeringsten,
verlaust und verliebt und verrückter Gedanken voll;
vom Phosphor erleuchtet und ohne Hoffnung zu Pfingsten,
gibt er die Welt zu magischem Protokoll.

Seine Seele ist ein Star mit zerfleddertem Flügel,
geblendeten Auges, sein Flöten tönt fürchterlich –:
Reiche mir einer der Herrschaften bitte den Spiegel;
alle andern Gesichter langweilen mich.

Leslie Meier beherrscht die Ironie dritten Grades;
er ist arm und er treibt mit sich selbst und dem Irrsinn Verkehr;
er ist finistischer Dichter, sein fades
Einsiedlerfleisch läuft immer neben ihm her.

Auf einem alten Klang

Eiris sazun idi –
si und trieben lidi –
renki vor die Tür.
Flöteten die Merse-
burger Zauberverse,
waren gut zu mir.

Liebchen kam geschritten,
Nabel in der Mitten,
Näschen in die Höh;
und sie pries bei feinem
Wunderwein in einem
Atem Spaß und Weh.

Höll- und Hodenstüber,
ein Gesicht läuft über,
daß es wen entzück – ? –
Meines Herzens Triene,
und mit Jenseitsmiene
stürzt du in dein Glück.

Zwischen Ohr und Zehen
ganz mit Glanz versehen,
du: im Mondensud –
Will dich reflektieren,
eh wir uns verlieren
zwischen Flut und Flut.

Tirilyrileier,
juninachts im Feuer,
auf – ge – riss – nen – Munds!
Schließ das Aug, das närrsche,
spüren schon die Ärsche
Fliehkraft unter uns.

Gemeines Liebeslied

Abend gießt Rotspon ein,
mir ins Gesicht –
Ewig ist der Wackerstein,
ich bin es nicht.

Wer hält mein Leben kurz?
Fei oder Dschinn?
Leicht wie ein Vogelfurz
fliegt es dahin.

Hagel pickt, Hagel packt
nicht mein Geweid, aber bei
Liebe und Schnickschnack
vergeht mir die Zeit.

Liebste, ich sing: an dich
denk ich bei Tag und Nacht,
weil mich das Ding an sich
trübsinnig macht.

Treib ich meine Dohlen heim,
– you can't be true dear –
wie ein verrückter Reim
leg ich mich zu dir.

Tu meinen Wanst, diridum,
vor deinen Birnenbug –
Was du begreifen kannst,
macht mich nicht klug.

der zweifel

gibt es in der welt wirklich eine erkenntnis

schatzi, was meinst du
schatzi, was meinst du
        gibt es das wirklich

ist der realität ungenügen wirklich die nichtrealität

schatzi, was meinst du
schatzi, was meinst du
        ist sie es wirklich

präsentiert sich deinem bewusstsein die doppelte
                                                                                insuffizienz

schatzi, was meinst du
schatzi, was meinst du
        tut sie das wirklich

was signiert die charakteristik deiner informationsprozesse

schatzi, was meinst du
schatzi, was meinst du
        signiert sie wirklich

gibt es wirklich phänomenkomplexe dispersiv

schatzi, was meinst du
schatzi, was meinst du
        gibt es das wirklich

gibt es der kunstwelt kommunikanten stipuliert tentativ

schatzi, was meinst du
schatzi, was meinst du
          gibt es das wirklich

sie: ja

ADOLF ENDLER

Der älteste Mensch der Welt

1
Das alles verdank ich der Presse

2
Nachkommen zählt das Geburtstagskind
                    zweihundertneun
Doch am Mittwoch am kommenden Mittwoch
Zählt er sein einhundertsechsundsechzigstes Jahr
Schir Ali Mislimow der Alte
Er zählt sich lieb nickend zu uns

3
Täglich arbeitet er noch ein wenig im Garten
Lange Spaziergänge führen den Zeitgenossen Napoleons
Oder Goethes bald nach hier bald nach dort hin
Am kommenden Mittwoch bleibt er zu Haus

4

Ich verdanke mein hohes Alter der Sowjetmacht
Allah
Der Sowjetmacht
Der Arbeit
Allah
Meinem guten Charakter
Ich habe ein Herz wie ein junger Dshigit

5

Das alles verdank ich der Presse

6

Einhundertsechsundsechzig wird Schir Ali am Mittwoch
Und freut sich ah auf das Jahr zweitausend schon heut
Älteren Zeitungen entnimmt der Leser voll Neid
Als er einhundertfünfundsechzig wurde hat sich Schir Ali
Hat er sich ah auf den Hundertsten Lenins gefreut

7

Das alles verdank ich der Presse

8

Zweiundachtzig Pulsschläge zählt er in jeder Minute
Sein Blutdruck hundertfünfunddreißigStrichfünfund-achtzig

9

Das alles verdank ich der Presse

10

Aber das größte Glück dieses ältesten Menschen der Welt
Seine Erfahrungen weiterzugeben am kommenden Mittwoch
In Barsawu im Talischgebirge in Aserbaidshan
Seine jahrhundertealten Erfahrungen weiterzugeben
Im Zubereiten von Schaschlyk

Besuch aus Moskau 1955

Fadejew! - Paustowski! - Korneitschuk!
Issakowski! - Bashan! - Schtipatschtow!
Ketlinskaja! - Kassyl! - Katajew!

»Ach, lebt die Achmatowa noch?«

Bek! - Lebedew-Kumatsch! - Sjomuschkin!
Scholochow! - Polewoi! - Lugowskoi!
Surkow! - Schaginjan! - Libedinski!

»Und lebt die Achmatowa noch?«

Perwomaiski! - Fedin! - Lukonin!
Ja, sie lebt!, nun hören Sie doch!
Assejew! - Ashajew! - Fadejew!

»Sie lebt, die Achmatowa, noch?«

Gedenken an zwei Stammgäste

1

Ein warm koloriertes Foto: Herr Betz,
Geschäftsmann, daneben Betz' Frau.
 - »Geschäftstüchtig wie keine zweite!«
Da lag Betz' Beil noch unter Briketts
Im Keller und braunkohlengrau.
 - »Ohne sie wär ich lange schon pleite!«
 - »Die Seele des ganzen Geschäfts! Einwandfrei!«
 - »Daneben, was bin ich? Ein Frühstücksei!«
Da schlug sie es auf, zackklack (ohne Schrei
Herr Betz kippte mählich zur Seite),
Als teilte sie nicht den Schädel von Betz,
Als zerkleinerte sie nur eins der Briketts,
Als spaltete sie ein paar Scheite ...
 Und gestern noch Stammgast.

2

Wir vom Stammtisch empfinden es fast als Verrat:
Das wird nie mehr der alte Donnerstagsskat!

Die Rede des großen Pimmel

Seien wir brüderlich zueinander
 Brüderlich brüderlich
Mahnte der große Jacques Pimmel
(Sein Handschuh wies zum Himmel)
Seien wir alle brüderlich zueinander
Alle hier brüderlich zueinander
Alle *ohne Ausnahme* brüderlich
Dröhnte der große Jacques Pimmel
(Flüchtendes Menschengewimmel)
 Für keinen ne Extrawurst

Lied des Regiments Latrinell

(Gesungen nachts um drei in der Dunckerstraße 18;
Dritter Hinterhof rechts viereinhalb Treppen:)

1

Wir wir wir ja und wir die Magermilchinfanterie die sich immer weiter ins Hinterland zurückstöpselt einszweidreivier stöpselt und stöpselt sich frei von künstlichen Zusätzen immer weiter zurück ins Hinterland schier die Magermilchinfanterie des Heimatlands Zier liberal elastisch mobil tolerant elegant das Regiment Latrinell wenn es vorbeizischt geschieht das in der Regel recht schnell - // - (Kehrreim:) *Frau H. duscht immer nach den Lottozahlen*

2

Manchmal scheint die Uhr des Lebens stillzustehn Wir stöpseln uns weiter zurück *Manchmal scheint man immer nur im Kreis zu gehn* Wir stöpseln uns weiter zurück *Manchmal ist man wie von Fernweh krank* Wir stöpseln uns weiter zurück *Manchmal sitzt man still auf einer Bank* Wir stöpseln uns weiter zurück mit uns die Sonne mit uns das Glück frei von künstlichen Zusätzen stöpseln wir uns mit Recht davon zu den Müttern - // - (Kehrreim:) *Klingelstreiche sollte man ohne weiteres überhören können Madame*

3

Wir wir wir ja und wir die Magermilchinfanterie die sich immer weiter ins Hinterland zurückstöpselt *sehen Sie hier* stöpselt und stöpselt sich frei von künstlichen Zusätzen immer weiter zurück ins Hinterland schier die Magermilchinfanterie des Heimatlands Zier liberal elastisch mobil tolerant elegant das Regiment Latrinell wenn es vorbeizischt hellen sich die Antlitze auf und gleich wird es hell - // - (Kehrreim:) *Laura liebt sichs am besten*

(Anm.: *Die kursiv gedr. Zeilen mit »Manchmal« aus dem Schlagerlied »Über sieben Brücken mußt du gehn« von H. Richter/Leipzig)*

DIETER P. MEIER-LENZ

lyrisches bild

ein gedicht
rollt in einem mondmobil
über eine gedankenbrücke

ein weiblicher
und ein männlicher abgrund
stürzen ineinander
eine lawine
wird schwanger

eine nackte
etwa zwanzigjährige
senta berger
kommt auf einem motorrad
vorbeigefahren
mit aerodynamischen brüsten
erotische metaphern
singen aus dem auspuff

in einem literaturbordell
tauschen zwei fiktive gestalten
ihre lyrischen geschlechter
sie sondern
ein paar stabreime ab
und lassen einen
anapäst durchs
fenster fliegen

schöner wohnen

leute
die in gedichten wohnen
haben phantasievolle
fensterläden
und eine katze
im vorgarten

in ihren sonetten
träumen sie
von berg und tal
einer wohnlandschaft
und von schnee-
weißen bidets

was sucht das bidet
im gedicht?

darauf sitzt
der dichter
und wäscht den penis
seines pegasus

dann dichtet er
auf einer meta-
phorischen gartenbank
mit fünf versfüßen

sein schaukelstuhl
ist metronom
für jambenexzesse
in der nacht

GERHARD RÜHM

europa

island
irland
england
die niederlande grenzen an deutschland und belgien
belgien grenzt an die niederlande, deutschland, luxemburg
   und frankreich
luxemburg grenzt an belgien, deutschland und frankreich
frankreich grenzt an belgien, luxemburg, deutschland, die
   schweiz, italien, monaco, andorra und spanien
monaco grenzt an frankreich
andorra grenzt an frankreich und spanien
spanien grenzt an frankreich, andorra und portugal
portugal grenzt an spanien
italien grenzt an den vatikan, san marino, jugoslawien,
   österreich, die schweiz und frankreich
der vatikan grenzt an italien

san marino grenzt an italien
die schweiz grenzt an italien, frankreich, deutschland, österreich und liechtenstein
liechtenstein grenzt an die schweiz und österreich
österreich grenzt an die schweiz, liechtenstein, italien, jugoslawien, ungarn, die tschechoslowakei und deutschland
deutschland grenzt an deutschland, die tschechoslowakei, österreich, die schweiz, frankreich, belgien, luxemburg, die niederlande und dänemark
dänemark grenzt an deutschland
norwegen grenzt an schweden, finnland und die sowjet-union
schweden grenzt an norwegen und finnland
finnland grenzt an schweden, norwegen und die sowjet-union

die sowjet-union grenzt an finnland, norwegen, korea, china, die mongolei, afghanistan, den iran, die türkei, rumänien, ungarn, die tschechoslowakei und polen
polen grenzt an die sowjet-union, die tschechoslowakei und deutschland
deutschland grenzt an deutschland, polen und die tschechoslowakei
die tschechoslowakei grenzt an österreich, deutschland, deutschland, polen, die sowjet-union und ungarn
ungarn grenzt an jugoslawien, österreich, die tschechoslowakei, die sowjet-union und rumänien
rumänien grenzt an jugoslawien, ungarn, die sowjet-union und bulgarien
bulgarien grenzt an rumänien, jugoslawien, griechenland und die türkei
jugoslawien grenzt an bulgarien, rumänien, ungarn, österreich, italien, albanien und griechenland
albanien grenzt an jugoslawien und griechenland

griechenland grenzt an albanien, jugoslawien, bulgarien
und die türkei
die türkei grenzt an griechenland, bulgarien, die sowjet-
union, den iran, irak und syrien

blumenstück

für günter brus

die tulpe scheisst auf den rasen
das veilchen furzt in die hand des gärtners
das vergissmeinnicht kotzt ins seidenpapier
die nelke schlatzt auf den stengel
die orchidee onaniert zwischen den fingern des fräuleins
und bekleckert sie bis in den ärmel hinein
die rose stinkt nach schweiss und menstruationsblut
das maiglöckchen rotzt auf das frische tischtuch
die lilie brunzt in die vase
die hyazinthe rülpst auf

gedicht

für edeltraut am 6. 2. 1965

h. c. und ich sassen vor dir
(prag speisewagen ich trinke bier)
du hast die brüste schlicht entblösst.
weil wir dir versprachen
dann ein gedicht zu machen

(der zug fährt nun in richtung wien)
das war gestern in berlin

Lektor Lincke an Theodor Fontane

Sehr geehrter Herr von Tame,
war das nicht Ihr werter Name?
Vor mir liegt Ihr Buchvorschlag,
welcher – doch der Reihe nach.
Erstens ist er nicht zu brauchen –
eine Frage: Darf ich rauchen,
während ich hier weitermache?
Dankeschön. Doch nun zur Sache:
Das Manuskript, das Sie geschickt,
war in der Mitte eingeknickt,
sowie in Worten abgefaßt,
was nicht zu unserm Hause paßt.
Auch störten mich die vielen Us
in Ihrem Satz »Ulf ging zu Fuß.«
Ach ja – und Ihre Fragezeichen,
die sollten Sie wohl alle streichen.
Sie wirken derart krumm und rund,
so schlangenhaft und ungesund,
daß ich mich dauernd frage: Was
bezweckt, bewirkt und soll denn das?
Sodann Ihr Stil! Schon wenn man liest,
daß Ihre Heldin Effi briest,
ist Ihre Ignoranz erwiesen:
Die deutsche Sprache kennt kein »briesen«.
Doch nun was andres: Unser Haus
bringt grade eine Reihe raus,
die sich »So brummt der Deutsche« nennt –
ich bin ganz sicher, so was könnt'
durchaus in Ihre Richtung passen.
Woll'n Sie sich mal was einfall'n lassen?

In Erwartung Ihrer geschätzten Antwort verbleibe ich
Mit frohem Gruß
Ihr Lektor Lincke

PS Ist es erlaubt, wenn ich was trinke?

Der Künstler im Gespräch

Wie findest du denn, was ich mache?
Gut, das ist meine Sache.
Doch wie findest du, was ich tue?
So. Du willst deine Ruhe.
Und wie findest du, was ich schreibe?
Nein, bitte geh nicht, bleibe!
Wie findest du denn, was ich male?
Nein, sag nichts! Schweig, ich zahle
dir noch ein Bier. Doch zur Sache:
Wie findest du denn, was ich mache?

Folgen der Trunksucht

Seht ihn an, den Schreiner.
Trinkt er, wird er kleiner.
Schaut, wie flink und frettchenhaft
er an seinem Brettchen schafft.

Seht ihn an, den Hummer.
Trinkt er, wird er dummer.
Hört, wie er durchs Nordmeer keift,
ob ihm wer die Scheren schleift.

Seht sie an, die Meise.
Trinkt sie, baut sie Scheiße.
Da! Grad rauscht ihr drittes Ei
wieder voll am Nest vorbei.

Seht ihn an, den Dichter.
Trinkt er, wird er schlichter.
Ach, schon fällt ihm gar kein Reim
auf das Reimwort »Reim« mehr eim.

Gebet

Lieber Gott, nimm es hin,
daß ich was Besond're bin.
Und gib ruhig einmal zu,
daß ich klüger bin als du.
Preise künftig meinen Namen,
denn sonst setzt es etwas. Amen.

Materialien zu einer Kritik der bekanntesten Gedichtform italienischen Ursprungs

Sonette find ich sowas von beschissen,
so eng, rigide, irgendwie nicht gut;
es macht mich ehrlich richtig krank zu wissen,
daß wer Sonette schreibt. Daß wer den Mut

hat, heute noch so'n dumpfen Scheiß zu bauen;
allein der Fakt, daß so ein Typ das tut,
kann mir in echt den ganzen Tag versauen.
Ich hab da eine Sperre. Und die Wut

darüber, daß so'n abgefuckter Kacker
mich mittels seiner Wichserein blockiert,
schafft in mir Aggressionen auf den Macker.

Ich tick nicht, was das Arschloch motiviert.
Ich tick es echt nicht. Und wills echt nicht wissen:
Ich find Sonette unheimlich beschissen.

F. W. BERNSTEIN

Denklied

Ach hätt ich doch ein Denkanstoß, Denkanstoß,
Denkanstoß
Wer gibt mir bloß ein Denkanstoß
Denk - an - stoß!

Was wollen Sie? Ein Denkanstoß? Denkanstoß?
Denkanstoß?
Da ham Sie einen Denkanstoß
Denk - an - stoß
(gibt mir einen Denkanstoß - WAMM!)

Jetzt hab ich meinen Denkanstoß, Denkanstoß,
Denkanstoß
Ich glaub, jetzt geht das Denken los
Mach ich bloß, was mach ich bloß?
Wie werd ich die Gedanken los?
Danken - los?

Der Bedeutungsträger

Der Adler ist sowohl
real als auch Symbol;
als letzteres bedeutet er
Gewalt und Geilheit, Macht und Ehr,
Durst, Hoffnung, Staat und Gnade.
Was? Geilheit nicht? Wie schade.

Siebzehn Bier

»Obazahlnnischschkannnischmehr!«
»Das waren siebzehn Bier, der Herr!«

HARTMUT GEERKEN

suizid
(kurzes lustiges reimgedicht)

fremdwort
für
selbstmord

UVE SCHMIDT

Hallo, Mirko!

Schön war die Zeit,
stark war die Mark,
geil waren die Mütter
auf Enkelkinder.

Jung war der Bursch,
blond sein Mädchen,
voll war das Arbeitsamt
und Mallorca im Juli.

Reich wurden sie
nicht durch Nachtarbeit,
Butterkreuzfahrten und
Warenpreisausschreiben,

doch kam Hoffnung auf,
als ein Vetter in Dingsda
über Nacht die Welt bewegte
als deutscher Deputierter,

obwohl diese Schafsnase
vor einer Dekade noch
nicht wußte, daß ein Big Mac
mit zehn Fingern verzehrt wird.

Seither suchen die Sinngeber
mittels flächendeckender Speicheltests
nach Leuten, die wirklich nur wählen,
was sie wollen. Danke, Meister!

Nein, danke.

Warum sollte ich
die Pille nehmen?
Niemand kann mich
schwängern, keine Möse
meinen Samen rauben.

Andererseits stünde ich
bzw. er ziemlich doof da,
falls Hetty von Hohenzollern
auf der Stelle ihr altes Geschlecht
von mir verjüngt haben wollte

oder wenn in Kreisen des Geldadels
meine Damenspende gefragt wird
als arische Geniebeimischung.
»Immer bereit« gelobten einst
wir Jungen Pioniere der Partei

»zur Verteidigung des Friedens!«
Wenn der Geschlechterkrieg
eines Tages beendet sein sollte,
können eh nur Amazonen oder
Eunuchen die Sieger sein ...

† Um den Toten trauern:

Der Aufsichtsrat und der Vorstand der Daimler-Benz Aktiengesellschaft
Der Aufsichtsrat und der Vorstand der Wintershall Aktiengesellschaft
Der Aufsichtsrat und der Grubenvorstand der Gewerkschaft Ölraffinerie Emsland
Der Aufsichtsrat und die Geschäftsführung der Erdölraffinerie Mannheim, Gesellschaft mit beschränkter Haftung
Die Varta Aktiengesellschaft in Frankfurt am Main
Die Aktiengesellschaft der Kammgarnspinnerei Stöhr & Co, Krefeld.

Die Gesellschaft für Handel und Grundbesitz mit beschränkter Haftung, Elmshorn
Die Gesellschaft für Industriewerte mit beschränkter Haftung, Neuß
Die Gesellschaft für Erdbewegung mit beschränkter Haftung, Wattenscheid
Die Gesellschaft für Marktfragen mit beschränkter Haftung, Königswinter
Die Gesellschaft Schlaraffia E. V., Würzburg.

Der Bund Deutscher Forstmänner E. V., Goslar
Der Bund der Notgemeinschaft ehemaliger Arbeitsdienstangehöriger E.V., Itzehoe
Der Bund hirnverletzter Kriegsopfer E. V., Neustadt an der Weinstraße
Der Bund der Berliner und Freunde Berlins E. V., Leverkusen

Der Bund der Kriegsbeschädigten und Hinterbliebenen Deutschlands E. V., Eßlingen.

Die Gesellschaft für christliche Kultur E. V., Remscheid
Das Deutsche Institut für jagdliches und sportliches Schießwesen E. V., Hamm
Der Verein Deutscher Bleifarbenfabrikanten E. V., Detmold
Der Verein zur Förderung der sozialen Marktwirtschaft in Nordrhein-Westfalen, Köln.

Der Verband Deutscher Lesezirkel E. V., Berlin
Der Verband Deutscher Soldaten für das Land Niedersachsen E. V., Hameln
Der Verband der Fassondrehteile- und Blankschraubenindustrie E. V., Duisburg
Der Verband Deutscher Kältefachleute E. V., Bamberg.

Die Vereinigung der Opfer des Stalinismus, Braunschweig
Die Vereinigten Kugellagerfabriken Aktiengesellschaft, Wolfsburg
Die Vereinigung der aus der Sowjetzone verdrängten Lehrer und Beamten, Furth im Wald.

Die Deutsche Jugend des Ostens, Landesgruppe Baden-Württemberg
Die Deutsche Schutzvereinigung für Wertpapierbesitz, Düsseldorf
Die gemeinnützige Deutsche Wohnungsbaugesellschaft Freies Volk, Gesellschaft mit beschränkter Haftung, Karlsruhe.

Die Deutsche homöopathische Union, Bad Godesberg
Die Deutsche Lebensrettungsgesellschaft, Trier
Das Deutsche Nationale Komitee der Weltkraftkonferenz für die Bundesrepublik, Darmstadt.

Der Reichsbund der Körperbehinderten-Selbsthilfe
Der Ring Deutscher Hausbesitzer
Die Deutsche Polizei.

Die Deutsche Treuhandgesellschaft
Der Ring Deutscher Makler.

Die Deutsche Auskunftei.

u. v. a.

ROBERT SCHINDEL

Unterbelichtete Filmrollen Selbstmord Sigi Denk Menschenkind

Für Gerlinde Obermair,
posthum

Erste Rolle
Sigi Denk, der Radrennfahrer, den die Zeitungen
Fertiggemacht haben, ich wollte mit Lucky
Sigi Denk hat von selber begonnen, aber andere
Haben ihn fertiggemacht wollte ich
Schon vor zwei Jahren mit Lucky einen Film machen
Über Sigi Denk Menschenkind, das riesige Radfahrtalent, das
Schwierigkeiten hatte mit dem eigenen Kopf, wollte
Ich mit Sigi. Ich will vieles, da sitz ich
Um dreiviertelzwölf nachts vor der APA-Meldung,

Sigi Denk hat sich als
Einunddreißigjähriger in der Wohnung
Seiner Freundin, die ihn
Vielleicht verlassen
Wollte aufhängen können.

Zweite Rolle
Seit Jahren brachten die Zeitungen verschiedene Schreie
und
Schreiteile im Format ihrer Sportseiten unter, ihr wißt es,
wie
Diese Sorte Druckerschwärze geröntgt hat seinen Ehrgeiz
mit
Den Kontrastmitteln, aus denen Medaillen und Maulkörbe
Angefertigt werden. Vor unseren Augen
Ward ein Großer Vogel Sehnsuchts-Ich gerädert,
angetrieben
Von ihm selbst, auf Touren gehalten und
Schluchtgesteuert von den
bizarren Schlagzeilen der verkrachten
Katecheten aus
Dem Sportgesäuse.

Dritte Rolle
Lucky hat sich nicht so sehr dafür interessiert, ich habe
Mich nicht so sehr dafür interessiert, ich will vieles, die
Katecheten haben sich interessiert für ihn, seit vor mehr
Als einem Jahrzehnt sein Talent aufging überm
Radfahrvorland.
Von den Hügeln ist er gesprungen. Aufwachten die
Verdrossenen Radfahrreporter, die ewig mit ihren Artikeln
Hinter Burschen nachschreiben mußten, die hinter
Den guten Radfahrern ewig hinterherfuhren, sprang Sigi
Von den Hügeln. Da war er na so was ein möglicher
Österreichischer Merckx, ein radfahrender Schranz, aber

Achtung noch sehr jung aufgepaßt hoffentlich, wir
Haben was, auf der Stelle kommst du
Heraus. Wird das ein Idol, insbesonders
Für die Jugend?

Vierte Rolle
Die ersten Schreiteile folgten, als Sachverständige auf dem
Gebiet des Buckelns und Tretens, Radfunktionäre und ihre
Kettentrainer dem sieghungrigen und von sich
überzeugten
Siegfried Denk befahlen, eine Österreichrundfahrt
Nicht zu gewinnen. Man nennt sowas einen Stallordner,
aber
Sigi wähnte sich auf der freien Bundesstraße der Rundfahrt.
Barsch
Wurde er in den Stall geschlichtet, verschiedne Interessen,
die
Dem Denk egal waren, aber an denen geht kein Junger
vorbei.

Die Presse feierte dann einen alten Hintennachfahrer und
verwies
Auf die Knackwurst, welche als Zukunft Speiche für
Speiche
Vor so einem Jungen liegt: Disziplin Denk was glaubt er
was
Er schon ist, und öffentlich ward der Betrogene
Seiner Schreiteile wegen zusammengeknipst in die
Goschn gelobt
Und stand da vor dem Volk
Als Rotzpiepn mit den
Glänzenden Aussichten.

Fünfte Rolle
Ich wollte mit Lucky einen Film machen über die Wider-
sprüche
Eines wunderbaren Radfahrers, der seine Empfindsamkeit
zehn
Jahre lang niederspurten mußte. Das war das Strampeln.
Als er angeblich Haschisch rauchen und zu trinken begann
Wars natürlich aus mit ihm. Es ist nicht so gewesen
Daß er nicht vorher versucht hatte, sich zu bessern zu
Einer durchschnittlichen Artigkeit, mit der er aber
Überdurchschnittlich rennfahren sollte.

Sechste Rolle
Das schaffte der Denk nicht. Das war der Schranz; zu einem
Schranz
Konnte der Denk sich nicht überwinden. Er schrie
Einfach herum, verstieß gegen die Gesetze der
Kadaverkameradschaft
Sodaß man ihm buchstäblich das Rennrad unterm Hintern
Wegzog, ihn nach den Buchstaben des Statuts, an dem
divers
Gehärtete Schlagzeilen hingen, in den Boden stampfte,
ihr wißt doch,
Es gab bunte Meldungen über den Salzgehalt seiner
Tränen. Er aber
Erfuhr von Begnadigungen auch, was nicht gar, unendlich
Geduldige Sportjournalisten
Bewilligten ihm eine letzte
Chance nach der andern.
Das war dann das Strampeln.

Siebente Rolle
Wars aus. Ein Sportler, in dem sich durchs Medienröntgen
Eine Nation anschauen will, indem sie ihr Kontrastbild
Anschaut, muß einfach sportlich sein, abwürgen

Seinen Widerspruch und ich
Muß jetzt das Gedicht schreiben, im Dunkel belichten. So
Siehts auch aus. Unbeholfen werden immer
Die Sachen, die ich machen muß. Ich will viel, muß
Statt mit Lucky den Film gedreht zu haben, mit bloßen
Worten hintendrein belichten, ich
Einer, der immer was will, steh da. Mich durchzieht
jetzt eine
Kalte Trauer um Sigi.

Achte Rolle
So siehts auch aus. Das sind Zeiten, in denen
Sportjournalisten bereits die Barbarei exekutieren. Einst
War das vorbehalten mächtigeren Leuten.
Das sind Zeiten, in denen
Literaten und Filmemacher
Wenn sie zu lange zögern
Plötzlich das ängstlich geheimgehaltene
Verwandtschaftsverhältnis offenbaren müssen zu
Den Geiern.

Neunte Rolle
Muß ich mir sagen für Sigi: Als du aufbegehrtest
Warst du als Radfahrer schon so gut
Wie tot. Dein Kopf, trotz deines genialen Fahrstils, war
Zu wenig gesenkt, so daß die Tritte deiner
Chancenförderer den Kopf trafen statt den Buckel, wie
Es üblich ist, wenn man den Chancen nachfährt. Was
Wunder Sigi
Menschenkind, wenn du
Irre wurdest an diesen
Irren Zeiten.

Zehnte Rolle
So sehen die aus, in denen
Der Radfahrer Sigi Denk, bevor ihn seine Liebe
Angeblich verlassen wollte
Aus Angst sich anhängen muß
Am Haken eines sehr
Robusten Durchlauferhitzers und auskühlt.

Elfte Rolle
Was willst du reg dich nicht auf es gibt Tausende die
Wär er nicht Spitzensportler geworden
Wenn ers nicht aushält. Ein Spitzensportler
Muß außer Talent einen Charakter haben. Ich will
Viel, es gibt Tausende und es ist
Vornehmer auch
Anonym zu ersticken im Breitensport
Des Lebens an den Talenten und Fähigkeiten, die nicht
Gefragt sind. So
Geschiehts auch. Es nährt
Die Lokalreporter leidlich bei
Auffälligem Abgang

REINHARD PRIESSNITZ

lied für die silbe NO

1
NOzzn NOcha NOane NOunddan NO
cha NOdians N Oba NOamoi
NOma dengd NOha NOdaz

NOdazu NOana undNOaNOndan NO
an NOchanaunda NOpf NOpff NOund
mea NOcha NOserv NOserwas NOss
NOss NOss NOsasdwas NOserv NO NO NO

2

NO was is denn NO schau NO
schau wenn NO geh NO geh hea
so NO du bist aba NOweawiaddenda
gleich NOpassaamoiauf NOoiso NO
NOsezdiheado NOwashasstn NO
NOundduglaubsd NO wenn NOschau NO aber
weissd NO eigendlich NO NO NO NOoiso

3

NO badi NOs NOra NOrbert das NOt
NOr du ei ser is NO sNO NOt et al
al ei NO is nasing end nasing is
NOking et se dor is ser eni NOledsch
du solf e NOt is e difikalt problem
NO NObadis NOs NOs se NOrs NOrmel
NOt sis NOteschon from mei NOtbuk

4

NO(vember) NO(stradamus) NO
(tiz) NO(tzucht) NO(tlage)
NO(vität) NO(velle) NO(stalgisch)
NO(blesse) NO(etik) NO(tredame)
NO(valis) NO(torisch) NO(vize)
NO(vation) NO(twendig) NO(tabel)
NO(tturNO) NO(sographie) NO(belpreis)

5

NOraal und das ganze NOchmals
NOtieren obs nicht NOtwendig
wird NOchmals nachzusehen ob
NOch alles NOrmal ist NOch alles
NOrmal ist also jederzeit NOchmals
und NOchmals der NOrm nach NOtie-
rend NOtgedrungen NOrmal NOchmals

6

MoNOlog NOra: ... »or shall I wear a red
NO and how he kissed me under the Moorish
wall and I thought well as well him as
aNOther and then I asked him with my eyes
to ask again NO and then he asked me would
I NO to say NO my mountain flower and first
I put my arms around him NO and drew him
down to me so he could feel my breasts
all perfume NO and his heart was going
like mad and NO I said NO I will NO.«

ballade 1

wie es gewesen wäre wenn oder
wasweißich wie wenn es gewesen wäre

war war und voller haar gut überall
wie das so war überall und gut sehr gut

na und das is ja etwas ist ja etwas ja
so eigenartig und ganz komisch gelt

geht auch brav weiter das brav weiter
prima und die sache kriegt schwung

und findet in der sprache statt nicht
i man i man i man

und wenn es anders gewesen wäre
wenn es anders gewesen wäre reini

und überhaupt nicht oder vielleicht
oder wasweißich wie oder oder

und und und undund und und
hätte ja nicht müssen sein oder

na jedenfalls scheint der mond noch auf hernals
wenn überhaupt wenn

oder mozart oder ich oder du
oder gestern oder gehst oder gehst nicht

oder gehst denn nicht oder gehst oder
gestern oder gestern oder gestern

oder schlecks oder vonmiraus
oder wasweißeinfremder was oder

na und dann ist es eben passiert
ich weiß das ja gar nimmer genau

jedenfalls wars irgendwas gelt
ich meine die vielen haare die vielen

s geht anständig weiter wirklich
in bezug mit und das andere und

gut essen gut trinken und ein
und so voller haare meingott so voller

auf einmal und dann is es eben geschehn
war aber auch ziemlich leicht ziemlich

na gut und was soll das was soll das
na weil doch immer wenn weil doch immer

also und also und damals und
dann is was passiert passiert

worte worte worte worte wort woat
s war aber auch na ja dementsprechend

und die philosophie ist wie ein
»gurkerl im knie« leider junge

wenns recht ist wenns geht
wie es gewesen wäre wie es war

na und ich stecke ihr den finger rein
und das war dann angenehm klar

jedenfalls und jedenfalls und
jedenfalls und jedenfalls gut

nachher haben wir uns gewaschen
nachher haben wir uns gewaschen

na es war schon was dran ich mein
hätte ja auch anders sein können oder

die beutler

beutel! und heinz paris erd-
stirn beutelt sich aus dem
textbeutel, denis hitz-
phrasirer beutelt sich
aus dem textbeutel; beutel!
und heinz andré irrpisst
beutelt sich, prinz rene
isisdraht und reinhard
priessnitz beuteln sich,
sämtlich aus textbeuteln,
neidhart reissprinz, der
beutel, beutelt sich aus
dem text, und ernsti
rinspaziehrd beutelt,
ebenso daphnis r. sein-
ritzer, beutel! und weiter
beuteln sir dieter sinnphraz
und rienzi sparherdnist;
dr. erin spatzenshirn: und
aus dem textbeutel; dr. ti-
zian sperrshein: und beutelt
sich aus dem textbeutel! pierre
n. tradizinsis, beutel!
und besonders dr. hans
zenpriester und pater
zeriss-hindin beuteln;
und dann beuteln dr. henri
s. zierspinat und hans
dieter zinspreit aus dem
textbeutel! beutel! ja,
aus dem textbeutel
beuteln sich die!

ein ähnliches, jahre später

vom himmel oben schneit es erbärmlich,
da fallen die kleider wie flocken schwärmlich
runter auf die erde und ins loch dieser zeile hinein,
da wirds mir im raum zwischen den socken so wärmlich,
da werden mir meine sockenlöcher zu klein,
da rase ich abgestochener hahn einem traum zu
und höre da eine henne mein altes schneelied schrein;
da finde ich dessen glanz auf einmal so ärmlich,
da stürzt der himmel in zeilenscherben über mir ein.

GERHARD FALKNER

das Firmament zu Fürstenfeldbruck

Augustus, der damals mein Freund war,
hieß Franz (das Xaver wurde nicht betont) –
er starb jung. Bis dahin jedoch erwies er sich
als Geschenk einer glücklichen Fügung an die
unverdorbene ... an die strahlende ...
alle Kreter sind Lügner, so heißt es
das Wahre daran ist allerdings unwahr
alle Fürstenfeldbrucker sind Rowdies
Franz tanzte prunkvoll wie ein Bär durch
seine Frist, er gab den Vögeln die Federn
zurück, die ihnen die Schreiber über die
Jahrhunderte hin ausgerissen hatten, er schrieb
die Namen der Mädchen aus München mit
Filzstift auf seine weißen Kniestrümpfe

selbst der Anblick seines Nasenlochs ließ
manchen Blick gerinnen, in seinem Gang
rollte der versammelte, zur Parade
geronnene Bauerntanz ganzer ...
zu neuem Übermut ...

er starb als Freund, von der Kawasaki gebombt
durch einen Mercedes mit Dachauer
Kennzeichen unterm Firmament zu
Fürstenfeldbruck mit zersplittertem Schädel

ERNEST WICHNER

Die Lokomotive im Zoo zu Dessau

Da aber das Bodenlose doch einen Boden hat begeben wir uns auf die Bodenlosigkeit der Tatsachen. Hinter fünf weiteren Schlußpunkten äst im Winterweizen ein Reh. Der Bodensee in sich gegangen verhält sich dazu indirekt proportional. Danach Pausen. Weitere Pausen. Drei Pausen von unterschiedlicher Länge und Reichweite die unmerklich ineinander übergehn. Prompt reagieren darauf die Tatsachen. Ihrem Reich gehen rein sprachlich die Augen über. Ein Kukkuck gesellt sich zum Reh. Ein fliegender Fisch landet auf dem Boden. Sieh wie sichs fugt und wankelt. Auf einer fränkischen Dorfkegelbahn eiert die Weltkugel ihrer prophezeiten Vergangenheit zu. Eine Pause während der das Lied vom Tod nicht erklingt. Eine weitere Pause. Und die drei Pausen von unterschiedlicher Länge und Reichweite die sich wie oben verhalten. Das Kamel im Zoo zu Dessau jedoch erklärt dem Interviewer aus der Hauptstadt es sei kein Kamel sondern eine Lokomotive. Daraufhin packt das Neue Deutschland die Küstenflotte der Republik auf Schienen und setzt Metaphernketten frei. In den metonymischen Reihen vor den Standesämtern macht sich ab sofort der Wüstensand breit. Er wird über die Landesgrenzen hinweg auf Helgoland gereimt und auch der letzte Ismus triumphiert. Wortwörtlich.

FRANZ DOBLER

Der Notfall-Buckshotlauf

Das Wirkungsvollste was ein Polizist
als Waffe in einer Stadt tragen
kann ist ein LeMat-Revolver. Neun
Kugeln des Kalibers .41 bedeuten allein schon
die anderthalbfache Feuerkraft
eines Colt-Revolvers. Man ist jedem Gegner
um drei Kugeln voraus, wegen seines Gewichts
ist der Rückschlag beim Kugelschuß
kaum merkbar, die Treffgenauigkeit auf 25
Yards ungewöhnlich gut und alle Treffer
sind gleichzeitig Steckschüsse. Besser
gehts einfach nicht. Und dann dieser
Notfall-Buckshotlauf. Der hat mir also buch-
stäblich dutzende Male das Leben
gerettet. Hatte man sich praktisch
verschossen und krochen Angreifer
triumphierend aus ihren

Deckungen hervor, um einem den
Garaus zu machen, dann fegte diese Ladung
von 15 Buckshot-Kugeln
einen ganzen Saloon
eine ganze Straßenbreite einfach leer.
Ich habe mit einem solchen Schuß einmal
fünf Verbrecher auf einmal so erwischt, daß
sie keinen Finger mehr krumm machen konnten.
Und alle blieben hübsch am Leben, sodaß
ich sie später fein säuberlich
aufhängen konnte.
Sprach Marshal Jake Willman
und so wahr mir Gott helfe
habe ich weder ein Wort weggelassen
noch eins hinzugefügt.

ANTON G. LEITNER

Heiliges Jahr

Das riecht nach
Minze. Zement

Ist alle, Loch
Im Zahn. Anti

Biotischer Dank:
Keuschheits

Gürtel. Rose, Marie
Bitte ein Stoß

Gebet für uns
Arme Sünder jetzt

Und ohne
Gummi. Platzt die

Unbefleckte
Blase. Peng.

HELMUT KRAUSSER

Häuptling Gebrochenes Herz
sucht Jagdgründe, die ewig sind.
Auf den Bergen Schnee von gestern,
hinter beiden Ohren grün das Tal.
In der Hütte des Fallenstellers
In der Hütte des Fallenstellers
In der Hütte des Fallenstellers
gäbs wenigstens Whiskey.

Aus der Reihe »Historische Gedichte und alkoholische Zusammenhänge«:

Lady Jane Grey

Sie sah ihren Gatten ohne
Kopf in einer Kutsche durch
die Stadt fahren, er hatte

vor seinem Tod ihren Namen
in die Mauern des Towers
geritzt wie einen Schrei aus
Stein: JANE
Kurz darauf wurde sie
selbst enthauptet, eine
Sechzehnjährige, die gern
Platon im Original las,
gegen ihren Willen zur
Königin Englands erklärt,
nach neun Tagen gestürzt
und zum Tod verurteilt von der
blutigen Mary, nach der später
ein Cocktail benannt wurde.

keine angst. hab ich aber.
mußt du nicht.
innen aus.
such den satz.
innen aus.
such den satz, beschnüffle
alle deutschen worte.
innen aus. oje.
ich fraß den frosch und schiß
zwei lesbische prinzess
innen aus.
super. echt? ruf uns
nicht an, wir rufen dich an.
rufst du bitte
den nächsten herein?

Was ich gerne wieder wär
wär im wilden wald ein bär
dann käm ich an und sähe sehr
bärig aus, wie einer der
bären aus dem fernseher.

MICHAEL LENTZ

ende gut, frage.

kleines solo für einen fragesteller

kann ich irgendetwas für dich tun.
kann ich etwas für dich tun.
kann ich was für dich tun.
kann ich was tun.
kann ich was.
kann ich.
kann ich für dich ich mein für dich.
kann ich mein für dich was.
kann ich da was tun.
kann ich was tun mein ich da für dich so gehts nicht.

kann ich irgendetwas anderes für dich tun.
kann ich irgendetwas anderes ich mein was dir spaß macht.
kann ich ich meine kann ich dir mal eine frage stellen die dir spaß macht.
kann ich mal eine frage für dich stellen die so richtig spaß macht.
oder soll ich das lieber nicht tun.
oder soll ich lieber ich meine soll ich.

oder soll es nicht sein.
oder ist es das schon gewesen.
oder wars das schon.
oder was.
oder was denn.
was ist denn.
was ist denn eigentlich los hier.
was ist denn eigentlich los hier mit.
was ist denn eigentlich hiermit los.
was ist denn das hier für ein saustall.
so gehts aber wirklich nicht.
so macht das keinen spaß hier.
was liegen denn da für leichen rum.
das stinkt ja zum himmel.
das ist ja eine hausgemachte sauerei.
das ist ja eine verwitterung.
das ist ja offenbar eine zumutung.
was liegen denn da für verwilderte leichen rum.
was liegen die da denn rum wenn ich mal fragen darf.
die gehören doch nicht da so rum. die gehören doch in den abfall.
die sind doch tot wenn ich mal fragen darf.
das sind doch leichen wenn ich mal fragen darf.
das sind doch nicht wir wenn ich mal fragen darf.
das sind doch andere wenn ich mal fragen darf.
das sind doch anderer leuts leichen wenn ich mal fragen darf.
die gehören doch verboten hier.
die gehören doch in anderer leuts abfall.
die gehören doch in die wüste.
das ist doch keine welt hier.
das ist doch eine verdrehung.
eine täuschung.
eine maske.
eine miete.

das ist doch eine falsche behauptungstatsache.
das sind doch keine menschenkinder.
das sind doch andere leut.
die sollen mal abhauen hier.
das ist doch kein heimspiel hier.
das ist doch wohl ein witz wenn ich mal fragen kann.
das verjährt sich doch oder
das hört doch mal auf wann oder
das ergibt sich doch wohl selber oder
da muß man doch nicht lange fragen oder
das hört doch alles auf.
das geht aber auch gar nichts.
da kann man nichts mehr ansehen.
das ist ja bedauerlich.
das ist ja zeitverwendung.
ja wortlos
jawohl
ja

wenn ich mal fragen darf

wenn ich mal fragen darf.

wenn ich mal

gar sein und gar nichts

»Das Nichts nichtet«
Martin Heidegger

1 kennen Sie auch Ihre nichtse?
2 o ja, meine nichtse nichten.
1 was, Ihre nichten?
2 nicht doch, nichten, von nichts.
1 meine nichtse nichten nicht. sie nämmern.
2 aha! die nacht nämmert draußen.
1 ein glück, daß wir drinnen sind.
2 selbstverständlich. wir drinnen ganz schön hier drinnen.
1 und die leute draußen leuten.
2 fasse zusammen: wir drinnen, die leuten.
1 Sie kennen also Ihre nichtse?
2 o ja, meine nichtse nichten.
1 mir scheint, sie werden immer fetter.
2 wo denken Sie hin? meine nichtse nichten Ihnen gar nichts.
1 ich bin zernichtet.
2 o! er deklamiert!
1 entschuldigen Sie! ich habe mich verlaufen.
2 das ist immerhin! immerhin besser als gar nichts!
1 immerhin gar nett mit Ihnen jetzt.
2 net auszudenken, was später uns benommen macht.

(ein menschenleben später)

1 luise, die kartoffeln sind gar!
2 hubert, das wurd aber auch höchste zeit!

alles dasein ist ein vogel

(für barbara, für die vögel)

die dohle ist ein vogel auch
mit einem grauen grauen bauch
der fink ist flink
das wissen wir
und auch der himmel
ist ein tier

die meise oben
singt weise droben
ein star ist rar
fürwahr fürwahr

der rabe ist ein rabe nur
sitzt er auf einer sonnenuhr
der uhu hat ein federohr
das er sich selber auserkor

von allen dieben schnellster
ist sicherlich der elster
ohne ›be‹ wird aus der beule
eine wunderschöne eule

und für den frechen spatz
ist überall noch platz

doch der pirol
wo bleibt der wohl
er ist wohl aus
und bald zuhaus
ganz wie die bunte taube
und fertig ist die laube

der spötterich der spötterich
der liebt sie alle inniglich
da kommt der specht
so grade recht

was sonst noch fliegt
das liegt am see
ein hase rennt
durch einen schnee

eine futterstelle
auf die ganze schnelle
bitte hier auf dem balkon
ach danke schön da ist sie schon

im kasten sitzt die amsel merlin
geradewegs kommt sie aus berlin
will sie nicht die körner fressen
muß das huhn sie selber essen

der rotmilan, die gabelweihe
ist zweitausend an der reihe

ein oulipo
das wohnt doch wo
das heißt nur so

doch im gesang die nachtigall
die ist ein klarer sonderfall
denn ohne ›zett‹ da wird's dem zeisig
bitterkalt und eisig

natürlich singt der kuckuck schön
na dann auf bald aufwiedersehn
der rest ist namentlich bekannt
was hier der reim zusammenband:

kein vogeltier sind spree und elbe
für den käse gilt dasselbe
›heimatlos‹ ist nur ein wort
für einen gänzlich andren ort

rätsel, kreuz, prozeß

ein springtanz ohne wanz

was hört was kommt vom draußen ich.
das muß ein wagen träger sein
dem niemand fehlt den kommt allein
von selber aus dem kuckuck zum.

was ich nicht bin das frißt die not
also denke beißt die runde.
denn er reicht die mühle hof
mit schlägern in der stunde.

um heimes willen drückt er zu
sieh da sieh da jambeus auch du
wie lange noch das über alles
schweig lieb heimat, kreist der dalles.

noch eh ich was fromm draußen rein
dem niemand frißt die stunde ein
will über smok und schweigen
der richter sich verneigen.

und aller fragen ofen.

MIRKO BONNÉ

Sobraasch

Wo ist Sobraasch? Im Freien strömen?
Er wäre kein schlimmer Verfolger?
Will mich gar nicht zerstören, nur Böhmen
Soll hier erklären, es wäre Wolga?
Schwach bin ich also, letztlich ein dummer

Pathetischer Windzug im Ventilator?
War nicht berühmt für meinen Hummer
Bangkok, meinen Bangkok-Alligator?
Ja benahm ich mich denn wie ein Tier,
Oder warum mathematisierten sie mich?
Also ich traf Karl Sobraasch, Polier
Am Bau meines Vaters? Volle fünf Tage
Appellierte er an mein Ego und strich
Mit Lösungen um mich? Was ich frage?

Gore-Text

Gore
Gore
Gore
Gore
Gore
Gore
Gore
Gore
Gore
Gorh
Gosh
Gush

RAPHAEL URWEIDER

Allegro appassionato

als vorspiel zu einem vorspiel
erregt durchquert jedes vorspiel
sichtlich bewegt als ein weg
wie johann sebastian bach auch

erregt durchquert jedes vorspiel
sichtlich bewegt als ein weg
als vorspiel zu einem vorspiel
wie johann sebastian bach auch

wie johann sebastian bach auch

Allegro molto

wer orgelt da

halbwegs verborgen
im offenen pinienschirm

im offenen pinienschirm
halbwegs verborgen

orgelt da wer

dreimal dürfen sie raten wie james watt
morgens seinen tea kocht energischer als

andere setzt er wasser dem herd aus das
teekraut schwarz gewählt wie steinkohle

er ist der earl grey der morgenstunden in
seiner nachttischschublade befinden sich

dunkle pläne watt james watt hat rußschwarze
pläne er hat das rauchen aufgegeben my lord

er will das teetrinken revolutionieren raten sie
dreimal er wird den rauchtee auf den markt

bringen glauben sie den plänen wasser wie
auch rauch sind watts rußige vorlieben

energisch will er sie mischen er kocht nicht
nur mit wasser nein mit nachdruck wird dieses

behandelt und mit teekraut und dies mit
rauch eine kettenreaktion zur morgenstunde

Quellen- und Rechtenachweis

Johann Wolfgang von Goethe (1749–1832)
Schweizerlied; Freuden des jungen Werthers (Goethes Gedichte in zeitlicher Folge. Frankfurt a. M. und Leipzig: Insel 1999).

August von Platen (1796–1835)
Das erlauchte Gewissen; An die Schöne (A. v. P.: Sämtliche Werke. Historisch-kritische Gesamtausgabe. Hg. v. Max Koch und Erich Petzet. Hildesheim: Olms 1969).

Heinrich Heine (1797–1856)
Worte! Worte! keine Taten!; Beine hat uns zwei gegeben (H. H.: Gedichte. Hg. v. Bernd Kortländer. Stuttgart: Reclam 1993).

Eduard Mörike (1804–1875)
Wämmesle (E. M.: Sämtliche Werke. Hg. v. H. G. Göpfert. München: C. Hanser 1964).

Theodor Storm (1817–1888)
Der Beamte; Der Lump; August (Th. St.: Sämtliche Werke. Leipzig: Insel 1924).

Wilhelm Busch (1832–1908)
Die fromme Helene; Fritze (W. B.: Kritische Gesamtausgabe der Werke. Hg. v. Friedrich Bohne. Emil Vollmer Verlag Wiesbaden 1976).

Arno Holz (1863–1929)
Lachend in die Siegesallee; Das kleine Jöhr in mir; Drei Tage lang; Oben, im siebenten Sommerhimmel, angenehm nackt (A. H.: Phantasus. Stuttgart: Reclam 1968).

Paul Scheerbart (1863–1915)
Der Frack-Komet (C. Giedion-Welcker [Hg.]: Poètes à l'Ecart. Bern: Benteli 1946). *Groglied* (P. Sch.: Katerpoesie. Hauptsächliche Gedichte. Stuttgart: H. Goverts 1963).

Frank Wedekind (1864–1918)
Die Schriftstellerhymne (F. W.: Gesammelte Werke. München: Georg Müller 1919. Bd. 8). *Auf dem Faulbett; Altes Lied* (a. a. O., Bd. 1).

Else Lasker-Schüler (1869–1945)
Giselheer dem Tiger (E. L.-Sch.: Gesammelte Werke in drei Bänden. Hg. v. F. Kemp. Bd. 1: Gedichte 1902–1943). – © Suhrkamp Verlag Frankfurt a. M. 1996.

Christian Morgenstern (1871–1914)
Die unmögliche Tatsache; Tertius gaudens; Der neue Vokal (Ch. M.: Alle Galgenlieder. Stuttgart: Reclam 1999).

Mynona (Salomo Friedländer) (1871–1946)
In alte Schläuche taugt kein neuer Wein; Ich saß mit meinem rembrandtbraunen Flausch; Der Greis stellt nach der jungen Katherine; Drei schöne Mädchen tanzen splitternackt; Die Sonne lockt viel Leute auf die Gassen (M.: 100 Bonbons. München: Georg Müller 1918). – © Hartmut Geerken, Herrsching.

Robert Walser (1878–1956)
Der Philister; Ich wollt', ich hätte (R. W.: Das Gesamtwerk. Frankfurt a. M.: Suhrkamp 1978). – © Suhrkamp Verlag Zürich/Frankfurt a. M. 1978 mit Genehmigung der Inhaberin der Rechte, der Carl Seelig-Stiftung, Zürich.

Karl Valentin (1882–1948)
Die vier Jahreszeiten; Glühwürmchen-Idyll; Aff – Aff – Afra; Das futuristische Couplet (K. V.: Sämtliche Werke in acht Bänden. München: Piper 1994. Bd. 2: Couplets). – © Piper 1994.

Joachim Ringelnatz (1883–1934)
Stimme auf einer steilen Treppe; Mutter Frühbeissens Tratsch; Draussen schneit's; Reklame (J. R.: Sämtliche Gedichte. Zürich: Diogenes 1997). – © 1997 Diogenes Verlag AG Zürich.

Gottfried Benn (1886–1956)
Restaurant; 1886 (G. B.: Sämtliche Werke. Stuttgart: Klett-Cotta 1998). – © Klett-Cotta 1998.

Albert Ehrenstein (1886–1950)
Der Ober (A. E.: Gedichte und Prosa. Hg. v. K. Otten. Neuwied: Luchterhand 1961). – © Luchterhand 1961.

Hans Arp (1887–1966)
Der glühende Stummel (H. A.: Wortträume und schwarze Steine. Wiesbaden: Limes 1953). *er kommt abhanden mit der hand* (H. A.: Gesammelte Gedichte I. Wiesbaden : Limes 1953). – © Langen Müller 1953.

Kurt Schwitters (1887–1948)
1920; Stumm; Kleines Gedicht für große Stotterer; Sie puppt mit Puppen; Onkel Heini-Schlager (K. Sch.: Das gesamte literarische Werk. Köln: DuMont 1998. Bd. 1). – © 1973, DuMont Buchverlag Köln.

Alfred Lichtenstein (1889–1914)
Man hat mich glücklich eingesperrt; Vergnügtes Mädchen; Erotisches Varieté (A. L.: Dichtungen. Zürich: Arche, 1989).

Kurt Tucholsky (1890–1935)
Wahre Liebe; Theorie der Leidenschaft Berlin N 54; Apage, Josephine, Apage –!; In aller Eile; Hände an der Schreibmaschine; Trunkenes Lied; Horoskop 1928 (K. T.: Gedichte. Hg. v. Mary Gerold-Tucholsky. Reinbek: Rowohlt 1983). – © 1960 by Rowohlt Verlag GmbH, Reinbek.

Max Ernst (1891–1976)
Über Cézanne; Der alte vivisektor (Karl Riha und Jörgen Schäfer [Hg.]: DADA total, Manifeste, Aktionen, Texte, Bilder. Stuttgart: Reclam 1994).

Richard Huelsenbeck (1892–1974)
Ende der Welt (R. H.: Phantastische Gebete. Zürich: Arche 1960). – © Mit freundlicher Genehmigung von Herbert Kapfer, Huelsenbeck-Nachlaß, München.

Bertolt Brecht (1898–1956)
Epitaph für M.; Der Magier; Großer Dankchoral (Suhrkamp Verlag in Zusammenarbeit mit Elisabeth Hauptmann [Hg.]: Die Gedichte von Bertolt Brecht in einem Band. Frankfurt a. M. Suhrkamp 1981). – © Suhrkamp Verlag Frankfurt a. M. 1993.

Erich Kästner (1899–1974)
Epistel eines Dienstmädchens namens Bertha; Knigge für Unbemittelte (E. K.: Herz auf Taille. Leipzig und Wien: Curt Weller 1928). *Die Dame schreibt der Dame* (E. K.: Gesammelte Schriften. 7 Bde. Zürich: Atrium 1959. Bd. 1) *Ein Quartaner denkt beim Anblick des*

Lehrers; Eine Animierdame stößt Bescheid (E. K.: Gesang zwischen den Stühlen. Stuttgart und Berlin: Deutsche Verlagsanstalt 1932). – © Atrium Verlag, Zürich 1988.

Jesse Thoor (1905–1952)
Der erste Brief des Bedienten Abu; Erster Nachsatz; Das Danksonett (J. Th.: Gedichte. Hg. u. m. einem Nachwort von Peter Hamm. Frankfurt a. M.: Suhrkamp 1975). – © Suhrkamp Verlag Frankfurt a. M. 1975.

Günter Eich (1907–1972)
Wo ich wohne; Bericht aus einem Kurort; Zuversicht (G. E.: Gesammelte Werke. Frankfurt a. M.: Suhrkamp 1973). – © Suhrkamp Verlag Frankfurt a. M. 1973.

Paul Celan (1920–1972)
DU SEI WIE DU, immer (P. C.: Ausgewählte Gedichte. Frankfurt a. M.: Suhrkamp 1970). – © Suhrkamp Verlag Frankfurt a. M. 1970.

Ernst Herbeck (1920–1991)
Das Böse; Die Uhr; Die Uhr und das Wetter; Der Wettstreit (E. H.: Im Herbst da reiht der Feenwind. Salzburg und Wien: Residenz 1992). – © 1992 und 1999 Residenz Verlag, Salzburg und Wien.

H. C. Artmann (1921–2000)
eine laus (H. C. A.: ein lilienweißer brief aus lincolnshire. gedichte aus 21 jahren. Frankfurt a. M.: Suhrkamp 1969). – © Suhrkamp Verlag Frankfurt a. M. 1969. *ein furz* (Günter Bruno Fuchs [Hg.]: Die Meisengeige. Zeitgenössische Nonsensverse. München: C. Hanser 1964). – © Residenz Verlag 1964. *blauboad* (H. C. A.: med ana schwoazzn dintn, gedichta r aus bradnsee. Salzburg: Otto Müller 1958). – © Otto Müller Verlag, Salzburg, 11. Auflage 2001.

Erich Fried (1921–1988)
Zwiefache poetische Sendung; Freie Wahl mit guten Vorsätzen (E. F.: Liebesgedichte. Berlin: Wagenbach 1979). *Steigerungsstufen für Aufsteiger* (E. F.: So kam ich unter die Deutschen. Berlin: Wagenbach 1990). *Schwein des Anstoßes* (E. F.: Die Beine der größeren Lügen. Berlin: Wagenbach 1969). *Katzenfressende Mäuse* (E. F.: Der Einbruch der Wirklichkeit. Berlin 1991). – © Wagenbach Verlag 1993. *Usurpation* (E. F.: Warngedichte. Berlin: Wagenbach 1993). – © 1964 Carl Hanser Verlag, München.

Helmut Heißenbüttel (geb. 1921)
die Zukunft des Sozialismus (H. H.: Textbuch 5. Olten und Freiburg: Walter 1965). *Gelegenheitsgedicht Nr. 3* (H. H.: Gelegenheitsgedichte und Klappentexte. Darmstadt: Luchterhand 1973). – © H. Heißenbüttel, Borsfleth.

Ernst Jandl (1925–2000)
frei und schlecht (E. J.: Poetische Werke. Hg. v. Klaus Siblewski. München: Luchterhand 1989. Bd. 9: idyllen & stanzen). *urteil; daliegen* (ebd., Bd. 5: dingfest & verstreute gedichte 4). *durch die wüste* (ebd., Bd. 8: der gelbe hund & selbstporträt des schachspielers als trinkende uhr). *hernals* (ebd., Bd. 10: peter und die kuh & die huanisten & aus der fremde). *erfolg beim dritten versuch; spruch mit kurzem o* (ebd., Bd. 3: sprechblasen & verstreute gedichte 2). – © 1997 Luchterhand Literaturverlag GmbH München.

Franz Mon (geb. 1926)
Komische Angewohnheiten; fastenzeit oder hunde wollen ewig leben; konterkariert (F. M.: Wörter voller Worte. Spenge: Klaus Ramm 1999). – © Franz Mon, Frankfurt a. M.

Günter Grass (geb. 1927)
Musik im Freien; Normandie; Kinderlied; Nächtliches Stadion; Tour de France (G. G.: Werkausgabe. Hg. v. Volker Neuhaus und Daniela Hermes. Göttingen: Steidl 1997. Bd. I: Gedichte und Kurzprosa). – © Steidl Verlag, Göttingen 1997.

Oskar Pastior (geb. 1927)
Ich bin ein farsch geleimtes Kind; im zweifel – immer für süß; die männer und die weiber (O. P.: Lesungen mit Tinnitus. Gedichte. München und Wien: C. Hanser 1986). *wollflauschmantel* (O. P.: Villanella & Pantum Gedichte. München und Wien: C. Hanser 2000) – © 2000, Carl Hanser Verlag, München-Wien.

Günter Bruno Fuchs (geb. 1928)
Geschichtenerzählen; Der Zauberer (G. B. F.: Pennergesang. Gedichte & Chansons. München: C. Hanser 1965). – © 1992, Carl Hanser Verlag, München-Wien.

Hans Magnus Enzensberger (geb. 1929)
Über die Schwierigkeiten der Umerziehung; Blindlings (H. M. E.: Gedichte 1955–1970. Frankfurt a. M.: Suhrkamp 1971). *Isotop* (H. M. E.:

landessprache. Frankfurt a. M.: Suhrkamp 1971). *Ratschlag auf höchster Ebene* (H. M. E.: verteidigung der wölfe. Frankfurt a. M.: Suhrkamp 1957). – © 2000 Suhrkamp Verlag Frankfurt a. M. 1957 und 1971.

Günter Kunert (geb. 1929)
Den Fischen das Fliegen (G. K.: Verkündigung des Wetters. Gedichte. München: Hanser 1966). – 1966, Carl Hanser Verlag, München-Wien.

Reinhard Lettau (geb. 1929)
Erlebnis und Dichtung (R. L.: Gedichte. Literarisches Colloquium. Berlin: Literarisches Colloquium 1968). – © 1968, Carl Hanser Verlag, München-Wien.

Peter Rühmkorf (geb. 1929)
Schluß der Audienz; Davon singet sein Mund; Einer der Allergeringsten; Auf einem alten Klang; Gemeines Liebeslied (P. R.: Wer lyrik schreibt ist verrückt. Alle Gedichte 1953–75. Reinbek: Rowohlt 1976). – © 2000 by Rowohlt Verlag GmbH, Reinbek.

Friedrich Achleitner (geb. 1930)
der zweifel (Gerhard Rühm [Hg.]: achleitner, artmann, bayer, rühm, wiener, die wiener gruppe, texte, gemeinschaftsarbeiten, aktionen. Reinbek: Rowohlt 1967).

Adolf Endler (geb. 1930)
Der älteste Mensch der Welt; Besuch aus Moskau 1955; Gedenken an zwei Stammgäste; Die Rede des großen Pimmel; Lied des Regiments Latrinell (A. E.: Der Pudding der Apokalypse. Frankfurt a. M.: Suhrkamp 1999). – © Suhrkamp Verlag Frankfurt a. M. 1999.

Dieter P. Meier-Lenz (geb. 1930)
lyrisches bild; schöner wohnen (D. P. M.-L.: Apollinaire tritt aus der Wand. Andernach: Atelier 1996). – © Atelier Verlag Andernach 1996.

Gerhard Rühm (geb. 1930)
europa; blumenstück; gedicht (G. R.: gesammelte gedichte und visuelle texte. Reinbek: Rowohlt 1979). – © Gerhard Rühm.

Robert Gernhardt (geb. 1937)
Lektor Lincke an Theodor Fontane; Folgen der Trunksucht; Materialien zu einer Kritik der bekanntesten Gedichtform italienischen Ursprungs (R. G.: Wörthersee. Gedichte und Bildgedichte. Frank-

furt a. M.: Zweitausendeins 1981). – © Robert Gernhardt, Frankfurt a. M. *Der Künstler im Gespräch* (R. G.: Körper in Cafés. Gedichte. Zürich: Haffmans 1994). – © 1996, 1997, 1999 by Haffmans Verlag AG Zürich. *Gebet* (R. G.: Besternte Ernte. Gedichte aus fünfzehn Jahren. Frankfurt a. M.: Zweitausendeins 1976). – © Robert Gernhardt, Frankfurt a. M.

F. W. Bernstein (geb. 1938)
Denklied (F. W. B.: Reimwärts. Gießen: Anabas 1981). – © Anabas Verlag, Frankfurt a. M. 2001. *Der Bedeutungsträger; Siebzehn Bier* (F. W. B.: Lockruf der Liebe. Gedichte. Zürich: Haffmans 1988). – © by Haffmans Verlag AG Zürich.

Hartmut Geerken (geb. 1939)
suizid. – © Hartmut Geerken, Herrsching.

Uve Schmidt (geb. 1939)
Hallo, Mirko!; Nein, danke. (U. Sch.: Hitler im Himmel. Gedichte und Episteln. Berlin: Druckhaus Galrev/Edition Galrev 1998). – © Druckhaus Galrev/Edition Galrev 1998.

Peter Handke (geb. 1924)
† Um den Toten trauern: (P. H.: Die Innenwelt der Außenwelt der Innenwelt. Frankfurt a. M.: Suhrkamp 1969). – © Suhrkamp Verlag Frankfurt a. M. 1969.

Robert Schindel (geb. 1944)
Unterbelichtete Filmrollen Selbstmord Sigi Denk Menschenkind (R. Sch.: Geier sind pünktliche Tiere. Frankfurt a. M.: Suhrkamp 1987). – © Suhrkamp Verlag Frankfurt a. M. 1987.

Reinhard Priessnitz (1945–1985)
lied für die silbe NO; ballade 1; die beutler; ein ähnliches, jahre später (R. P.: vierundzwanzig gedichte. werkausgabe. Linz und Wien: edition neue texte 1986. Bd. 1). – © Graz-Wien: Literaturverlag Droschl 1992 (Erstausgabe: edition neue texte 1986).

Gerhard Falkner (geb. 1951)
das Firmament zu Fürstenfeldbruck (G. F.: X-te Person Einzahl. Gedichte. Frankfurt a. M.: Suhrkamp 1996). – © Suhrkamp Verlag Frankfurt a. M. 1996.

Ernest Wichner (geb. 1952)
Die Lokomotive im Zoo zu Dessau (E. W.: Steinsuppe. Gedichte. Frankfurt a. M.: Suhrkamp 1988). -

Franz Dobler (geb. 1959)
Der Notfall-Buckshotlauf (F. D.: Jesse James und andere Westerngedichte. Augsburg: Bommas 1991). -

Anton G. Leitner (geb. 1961)
Heiliges Jahr (A. G. L.: Das Meer tropft aus dem Hahn. Fließ Blätter. Berlin: Kowalke & Co. 2001). -

Helmut Krausser (geb. 1964)
Häuptling Gebrochenes Herz (H. K.: Gedichte 79-99. München: belleville 1999). *Lady Jane Grey; keine angst. hab ich aber; was ich gerne wieder wär.* -

Michael Lentz (geb. 1965)
ende gut, frage. (Toni Kleinlercher [Hg.]: Decodierung: Recodierung. Wien: Triton 2000). *gar sein und gar nichts* (Jahrbuch der Lyrik 9. Hamburg: Luchterhand 1993). *rätsel, kreuz, prozeß* (Lyrikjahrbuch 97/98. München: C. H. Beck 1997). *alles dasein ist ein vogel.* -

Mirko Bonné (geb. 1965)
Sobraasch; Gore-Text. -

Raphael Urweider (geb. 1974)
Allegro appassionato; Allegro molto; dreimal dürfen sie raten wie james watt (R. U.: Lichter in Menlo Park. Köln: DuMont 2000). -